COLLECTION PAGE BLANCHE

Pierre Mezinski

LE ROI DES OROPALDES

GALLIMARD

Chapitre un

Le bruit les avait réveillés.

Ils avaient cru d'abord à un orage dans les vallées lointaines, ou à un de ces brusques coups de vent qui descendent de la montagne aux heures froides du crépuscule. C'était un grondement très doux, un murmure tranquille, un ronronnement bonasse, juste assez fort pour les atteindre dans leurs rêves. Cette sourdine un peu mélancolique n'éveillait aucune crainte et ne troublait qu'à peine le calme de la nuit.

Ils n'avaient guère prêté attention au bruit. Ils savaient qu'il y a, dans la chaîne des Ombres, des solitudes inimaginables où les tempêtes peuvent jouer pendant des jours entiers, frappant sur les tambours des gouffres, et faisant résonner comme des cloches les campaniles des pics et les dômes géants qui s'arrondissent autour des plateaux perdus. Ils savaient que les glaciers, au coucher du soleil, crient parfois comme des oiseaux, et que, dans les vallées les plus reculées de la cordillère, d'immenses coulées d'éboulis entrechoquant leurs phonolithes bruissent continuellement sur le flanc des volcans comme des rivières minérales.

Le bruit cependant s'amplifiait. C'était devenu une pulsation formidable. On aurait dit qu'un million de muscles géants s'acharnaient mécaniquement à fustiger le monde. A la longue, cette cadence obsédante troublait les ventres et donnait la chair de poule. Dans le noir, hébétés, nauséeux d'avoir été brutalement arrachés au sommeil, ils attendaient, et la panique montait en eux.

Une chose venait vers eux à travers l'épaisseur de l'espace, une chose qui avançait avec d'énormes nagées de monstre.

Un tourbillon énorme enveloppa le refuge. Le monde éclatait sous les coups d'un battoir gigantesque. Une spirale d'apocalypse tournoyait en sifflant autour de la cabane. Les lauzes s'entrechoquèrent sur le lattis de la charpente. La crémaillère se détacha et tomba dans les cendres.

Ils commencèrent à se lever les uns après les autres, en débandade ; ils s'extirpaient des duvets et, dans le noir, cherchant fébrilement leurs vêtements, se cognaient à la table, aux bancs, aux sacs à dos posés sur le plancher.

Et brusquement l'hallucinant fracas s'interrompit. Le silence se posa sur la nuit comme un velours. Dans le calme revenu, ils purent entendre à nouveau les bruits familiers de la montagne. Très loin, un glacier craqua. Une avalanche se mit à couler doucement vers le fond d'un précipice. Des rafales galopèrent dans un défilé. Les paisibles vents coulis qui habitaient la cheminée revinrent jouer dans le conduit en imitant la voix de vieux qui marmonnent.

Ils restaient immobiles, pétrifiés et incrédules, à écouter l'harmonie retrouvée et à regarder, sur la plaque de l'âtre, une petite joaillerie de braises qui palpitaient. Lorsqu'ils s'ébrouèrent enfin, leurs membres étaient lourds et engourdis ; ils avaient l'impression d'avoir été roués de coups. A tâtons, ils trouvèrent leurs chaussures. Il leur fallut une éternité pour nouer les lacets.

Et puis une bouffée d'air froid s'engouffra dans la cabane. Joam venait d'ouvrir la porte. Derrière lui, ils sortirent à la queue leu leu.

La pleine lune éclairait un spectacle extraordinaire. Au-dessous du refuge, le plateau rocailleux était entièrement couvert d'oiseaux. Des oiseaux géants, des rapaces aux ailes immenses, dont les plumages de neige brillaient dans la clarté lunaire. Immobiles, perchés sur les rochers ou entassés au fond des petits ravins, ils avaient l'air de statues qu'un miracle aurait fait surgir toutes sculptées des flancs de la montagne.

– Des oropaldes ! fit Joam émerveillé.

– Maintenant, je comprends le vacarme de tout à l'heure, dit Genia. Ils doivent être des milliers.

Buf choisit un caillou dans un tas.

– Sales bêtes ! dit-il. Elles m'ont foutu une de ces trouilles !

Il visa avec soin.

A vingt pas de lui, sur un tronc d'arbre mort, deux oropaldes cancanaient avec des mines de conspirateurs. Buf lança son caillou.

Touché à la tête, l'un des oiseaux cria. C'était un cri étrange, qui résonna longtemps dans les échos de la montagne. Puis l'oropalde se tint tout frémissant, les ailes largement ouvertes, immense et beau, fascinant.

– Ma parole, dit Buf, il me provoque. Si j'avais un fusil...

– On dit, murmura Silvio, qu'ils n'ont pas peur des hommes.

– Ils n'ont peur de rien, dit Genia.

En retrait des conversations, Carle, appuyé contre le mur de la cabane, considérait ses compagnons avec agacement. Il les trouvait désespérément puérils. A dix-huit ans, il était l'aîné de la bande et, même si les autres n'avaient guère qu'un ou deux ans de moins que lui, il lui semblait que des siècles de maturité les séparaient. La preuve : à les voir batifoler avec les oropaldes, on aurait dit qu'ils avaient déjà oublié dans quel merdier ils se trouvaient. La situation était pourtant suffisamment grave !

Carle prit son attitude de capitaine et s'avança entre Genia et Silvio qui continuaient de lancer des pierres aux oropaldes.

– Ça suffit, dit-il en les attrapant familièrement par les épaules. On ferait mieux de retourner se coucher. Demain, il faudra être en forme. Vous savez ce qui nous attend.

Il fallut néanmoins plusieurs minutes à la petite troupe pour réintégrer le refuge. Joam était rentré le premier et avait allumé la grosse lampe à batterie. Les autres arrivaient, traînant les pieds. Buf, bon dernier, répétait d'un air buté :

– Si j'avais eu un fusil. Ces saletés d'oiseaux...

– Il y a encore du lait concentré ? demanda Silvio. J'ai envie de quelque chose de chaud.

– Eh bien, tu t'en passeras, dit Carle. Je vous rappelle qu'à partir de maintenant on rationne les vivres. Tu ferais mieux d'aller te coucher, dit-il à Genia qui rapinait du chocolat dans le sac à provisions.

Pendant que les autres retournaient à leurs sacs de couchage, Carle s'attarda quelques instants près du feu à rêvasser en regardant les braises. Il s'imaginait condottiere aux temps anciens, dirigeant la retraite de son armée en déroute. Pendant que ses hommes, oublieux de la gravité de l'heure, perdent leur temps en jacasseries, lui seul, dans l'opacité de la nuit, examine les plans et calcule les chances de survie. Il se délecta de ces images auxquelles il trouvait une amertume plaisante, puis il alla se coucher près de Joam. Celui-ci avait l'air de dormir. Saisi d'une impulsion irrésistible, Carle lui braqua le faisceau de sa lampe en pleine figure. « Dieu qu'il est laid », pensa-t-il. Joam ébloui poussa un cri de souris et se cacha le visage sous son bras replié. « Et peureux avec ça. » Carle jouit quelques instants d'un intense sentiment de supériorité. « Je ne suis vraiment pas secondé, se disait-il. Joam est un gringalet, Buf n'a rien dans la cervelle, Genia ne pense qu'à faire le clown, et Silvio c'est le fils à maman dans toute sa splendeur. Quand je pense qu'il va falloir traverser la montagne avec ces bras-cassés ! N'empêche, ils me suivront. On a suffisamment perdu de temps à se lamenter. Mais maintenant, plus question de se laisser aller. Après tout, notre situation n'est pas désespérée. Au moins, on est vivants. Il va falloir s'accrocher. J'en connais dans la bande qui vont souffrir. Mais je saurai les faire marcher. Ils suivront. »

Il vit très clairement le condottiere ralliant ses troupes à grands coups de gueule et marchant devant eux, casqué d'ailes de chimère. Dans le fond du refuge, Genia et Silvio se chuchotaient des confidences.

– Vos gueules ! grogna Buf.

Ils avaient tous du mal à trouver le sommeil.

Chapitre deux

Ils étaient partis trois jours plus tôt de Voluntia, leur ville natale, la capitale du pays, la plus jolie ville de ce côté de la chaîne des Ombres. C'était la fin de la saison sèche, et ils avaient voulu profiter du grand congé de la Saint-Joseph pour faire une dernière randonnée dans les montagnes du Sud. Depuis que Carle avait inventé, un an plus tôt, ces virées héroïques au pays des volcans, ils étaient tombés amoureux des bivouacs, de l'escalade et des marches tranquilles. Chacun trouvait son compte dans ces expéditions. Carle adorait les organiser, Buf y allait par goût de la marche, Silvio pour ramasser des minéraux, Genia parce qu'il ne pouvait se passer d'une bande. Quant à Joam, il aurait fait n'importe quoi pour échapper à l'orphelinat Nicanor.

Ils terminaient tous leurs études secondaires. L'année prochaine, ils iraient à l'université ou dans des écoles spécialisées. Genia apprendrait le commerce, Silvio se lancerait dans la littérature, Carle passerait des diplômes d'études politiques. Sans être bien fixé, Buf espérait vaguement un destin riche en aventures. Joam deviendrait professeur, si la Cotisation continuait de bien fonctionner.

Pour ce petit miséreux, fils d'une mère inconnue et d'un clochard qu'on appelait le Cageot (parce qu'il avait l'habitude de dormir dans les cageots de rebut entassés autour du Marché central), la Cotisation représentait une chance inouïe. Sans elle, il aurait sans doute connu le sort habituel des pupilles de l'orphelinat Nicanor : il se serait retrouvé soutier sur les navires transportant des nitrates ou, au mieux, gratte-papier dans une administration quelconque. La Cotisation lui avait mis le pied à l'étrier.

La Cotisation, c'était l'œuvre du père de Carle, un des gros bonnets du parti libéral. Cet homme paterne et démagogue était apparu un jour à la télévision pour lancer un appel au peuple ; il s'adressait tout particulièrement à la jeunesse des écoles : quel bel élan ce serait si, dans chaque grand lycée du pays, élèves, professeurs, tous ceux qui le voudraient bien, s'associaient pour financer les études d'un orphelin de mérite ! Le tribun avait parlé d'altruisme, d'émotion, de monde meilleur, et prononcé une bonne cinquantaine de fois le mot solidarité. Cet homme adroit aurait arraché des larmes à un ornithorynque. Les résultats ne s'étaient pas fait attendre. Dès le lendemain, le lycée Marcosias répondait à l'appel avec enthousiasme.

Marcosias était un établissement huppé, avec des grilles dorées, des jardins délicieux, des bibliothèques ténébreuses, de vieux pédagogues à lorgnons, des chapelles qui sentaient le XVIIIe siècle ; mais on y professait des idées fort avancées. Une délégation des cotisants de Marcosias avait épluché des heures durant les listes fournies par l'orphelinat. En fin de compte, le choix s'était porté sur Joam, pupille de Nicanor depuis que son père, sept ou huit ans plus tôt, s'était fait écraser par un car de touristes. Carle avait été tout naturellement désigné pour chaperonner le nouveau venu. Il l'avait fait avec d'autant plus de plaisir qu'il adorait tenir les autres sous sa coupe.

Tout frais sorti des cellules de Nicanor, Joam affichait un air ahuri et émerveillé qui avait beaucoup plu. On le sentait ravi d'échapper à son avenir de misère et débordant de reconnaissance. Très vite, il était devenu une sorte de mascotte. On l'invitait dans les fêtes. Il finissait toujours par s'occuper du buffet et passait l'aspirateur à la fin de la soirée.

Joam était un excellent élève ; on en aurait pris ombrage, s'il n'avait été aussi sincèrement humble. Il était par ailleurs petit, plutôt laid, quasiment rachitique.

Carle, qui tenait à remplir jusqu'au bout son rôle de tuteur, avait décidé que Joam accompagnerait la bande dans ses expéditions en montagne. Le nouveau venu trouva sans peine sa place dans l'équipe. Il jouait les factotums, s'occupait des bagages et du ravitaillement. Les autres l'avaient adopté. Genia et Silvio trouvaient en lui une oreille complaisante. Buf le traitait comme un *minus habens* dont il s'agissait de développer les qualités physiques et le rudoyait avec une brutalité calculée. Carle, très à l'aise dans son emploi de mentor, enveloppait Joam d'un paternalisme hypocrite. Inlassablement, le fils du Cageot assurait l'intendance, transbahutait les sacs, marchandait avec les commerçants.

Les autres le trouvaient de bonne composition, toujours d'humeur égale, ne se rebiffant jamais. Aussi bien, depuis le temps de l'orphelinat, Joam était devenu expert dans l'art de faire le gros dos. Il pensait : « Ce qui ne me tue pas me rend fort. » Il se sentait race inférieure de toute éternité. Il se disait : « Ma force, c'est que je ne suis pas fort du tout. On croit me tenir, on me circonvient, on m'embrigade. Mais pendant ce temps, je me baguenaude au plus creux des royaumes. Depuis longtemps, je me suis retiré dans un petit terrier. »

La bande avait donc quitté Voluntia le vendredi, en début d'après-midi. Ils étaient presque seuls dans le train qui descendait lentement vers le sud. Ils regardaient le paysage en bavardant. A leur droite, la plaine côtière déployait ses champs de maïs, de pommes de terre, de tournesols, de courges, ses luzernières, ses plantations de kiwis, ses prés bien irrigués, très verts, bordés de saules et de peupliers lombards. A leur gauche, sur la belle épaisseur de collines qui doublent en piémont la chaîne des Ombres tout du long, de hautes vignes foisonnaient, bleues de raisin, avec parfois des cabanes crépies de blanc qui brillaient au soleil. Derrière les collines, la montagne courait, hérissée de piques et de cornes.

A mesure qu'on s'éloigne de Voluntia, les volcans commencent d'apparaître. Ils silhouettent sur le ciel mauve, en une frise à vous couper le souffle, des profils tarabiscotés d'animaux fantastiques. Dans le pays, on les appelle les « Géants galopants ».

A trois cents kilomètres de Voluntia, ils descendirent à la petite gare de Limanton, terminus de la ligne du Nord. Limanton n'est qu'une bourgade d'un gros millier d'habitants, vieillotte et somnolente, avec des maisons d'argile roses et bleues, des rues sablées de lapilli, des fontaines taillées dans la lave. Deux fois par an, à la saison des transhumances, elle connaît une animation extraordinaire. On voit arriver d'invraisemblables bergers, vêtus de cuir, armés de pied en cap, coiffés d'extravagants chapeaux de mousquetaires. Pendant huit jours, Limanton sent le suint, la laine et la crotte de mouton. Le reste du temps, la ville ne se réveille qu'aux échos des bagarres et des frasques des trimardeurs de la montagne, contrebandiers, meneurs de bétail, colporteurs, guérisseurs ambulants. Il y a toujours une ou deux bandes de ces vagabonds qui tournent dans la ville. Ils ont table mise dans les petites hôtelleries, où les putains des faubourgs viennent laver leur linge. De temps en temps, la police du Nord fait une descente et embarque quelques-uns de ces grands errants sardoniques. Ceux-là ne reviennent jamais traîner à Limanton.

Terminus de la ligne du Nord, Limanton est aussi le point de départ d'un tortillard qu'on appelle le *Transombrien* ou, plus poétiquement, la *Gondole*. Tous les jours à midi, poussif et cahotant, attelé de deux motrices antédiluviennes, il s'ébranle vaillamment en direction de l'est, pour escalader la chaîne des Ombres. Il lui faut plus de quinze heures pour gagner le col de L'Homme-Mort, à quatre mille six cents mètres, par une succession infernale de rampes, de paliers, de tunnels, de ponts. Peu après le col, c'est la frontière.

Carle avait loué un refuge à vingt-cinq kilomètres de Limanton, juste au pied de la montagne. De la gare, un camionneur qui allait chercher des ruches dans une vallée perdue avait bien voulu les emmener à travers le dédale des collines. La piste tournicotait sans cesse, contournant des ravins, passant de très vieux ponts sur des gorges envahies de broussailles. Parfois des éboulis de roches volcaniques avaient coupé la route. Silvio parlait des cristaux géants de hornblende qu'on peut trouver dans le basalte.

Tout le samedi, ils avaient crapahuté. Le dimanche matin, en coupant du bois, Genia s'était blessé au pouce avec la hachette. A l'entendre crier, on aurait pu croire qu'il s'était au moins amputé la main.

– Je vais perdre tout mon sang ! Il me faut des points de suture !

Quand les autres en avaient eu assez de ses jérémiades, ils étaient descendus jusqu'à la route pour arrêter un camion.

Ils avaient trouvé Limanton en effervescence. Un dimanche matin, c'était pour le moins surprenant. Impossible de comprendre ce qui se passait. Partout, sur les places, des gens discutaient en patois des montagnes. Des gendarmes passaient à cheval. Un groupe de trimardeurs sortait de la ville, sac au dos, à grandes enjambées, comme s'ils fuyaient ; ils avaient avec eux des chiens très excités qui bondissaient.

Tout était bizarre, décidément. Au dispensaire, on les regarda d'une curieuse façon. Pendant que le médecin posait des agrafes à Genia, Carle, fort adroitement, interrogea l'infirmière. Genia et les autres (Genia agrafé, pansé, vacciné) l'attendaient dans le hall en riant. « Ce Carle », disaient-ils. Leurs rires s'arrêtèrent quand ils virent leur copain reparaître, la mine décomposée.

– Qu'est-ce qui se passe ? demanda Buf.

– Ramenez-vous, dit Carle.

Il avait l'air atterré. Il sortit du dispensaire en coup de vent et les entraîna, sans consentir à s'expliquer davantage, dans un faubourg crasseux, où quelques chèvreries mal tenues dégageaient une puanteur du diable. Là, il erra quelques instants dans le dédale des gourbis jusqu'à découvrir une courette déserte où il fit entrer tout le monde. Ils n'eurent à déranger qu'une demi-douzaine de dindons qui s'acagnardaient dans la bouillasse, et Carle, jugeant qu'ils étaient suffisamment en sécurité, débonda ce qu'il avait sur le cœur.

– Il est arrivé une catastrophe.

La veille – le samedi, donc – un putsch avait éclaté à Voluntia. L'armée s'était emparée du pouvoir. Aux premières heures du jour, les camions et les tanks avaient bouclé la ville. Il y avait eu peu de résistance : des combats autour du palais présidentiel, quelques soulèvements dans les quartiers ouvriers. Maîtres du terrain, les militaires organisaient la répression. On arrêtait les suspects en masse. Le chef du gouvernement et les ministres avaient disparu dans la nature. La plupart des membres du parti libéral se trouvaient sous les verrous.

Lorsque Carle se tut, il se fit un silence de mort. Ils furent longtemps avant de reprendre leurs esprits. Le monde s'écroulait autour d'eux. Il ne restait que cette cour sinistre où le vent faisait voler les brins de paille des fumiers. Ils regardaient sans les voir les dindons qui se promenaient, cérémonieux, graves et rouges comme de vieux cardinaux. La même pensée leur était venue : leurs familles étaient là-bas, à Voluntia, enfermées dans un cercle brûlant de tanks et de camions. Si la junte faisait la chasse aux libéraux, leurs parents allaient être un gibier de choix.

Leurs parents étaient tous des membres influents du parti libéral. Et pas de simples militants de base, non ! mais des fleurons, le dessus du panier, des piliers, des pontes, des vedettes.

Leurs parents : Alexandre, père de Carle, secrétaire de l'organisation ; pour l'opposition, un satan de première classe, l'homme à abattre en priorité.

José, dit « le Gros », père de Genia, homme d'affaires considérable, que les feuilles militaristes dénonçaient comme un malfrat, trésorier occulte du parti libéral.

Séverine, la mère de Silvio, éditorialiste au journal d'extrême gauche *La Machette*, auteur d'un pamphlet contre certains généraux qu'elle accusait de conspirer contre la république.

Le colonel Hernan, père de Buf, responsable des renseignements au ministère de la Guerre, un des rares officiers de carrière qui professât des idées démocratiques ; une vertu, un héros, une figure emblématique du parti qui l'utilisait régulièrement dans les meetings, à cause de son indiscutable réputation de probité.

Passé la stupeur des premières minutes, une

frénésie s'empara d'eux. On ne pouvait pas rester là sans rien faire. Quel que fût le danger de traîner dans la ville, il fallait absolument obtenir des nouvelles.

Ils partirent en courant à travers le faubourg. Dix minutes plus tard, ils débarquaient sans crier gare à la Taverne du Lituanien, un boui-boui en rase campagne où ils avaient leurs habitudes. (On y mange agréablement pour pas cher.) Le patron, le fameux Lituanien, individu paillard, alcoolique et désinvolte, les accueillit sans émotion particulière. Mais il était au courant du coup d'État et, après avoir parlé quelques minutes de la pluie et du beau temps, il pronostiqua une période d'intense barbarie.

– Je suis prêt, clama-t-il.

Il montra, derrière son comptoir, une carabine Mauser dont il précisa le calibre et fit sauter dans sa main quelques longues cartouches.

Impossible d'appeler Voluntia ; les liaisons téléphoniques étaient interrompues.

– Le central a été bombardé, expliqua le Lituanien.

Sa femme, une grosse maritorne que la carabine agaçait, se mit à déplorer le goût des hommes pour le sang. Puis, changeant brusquement de sujet, elle proposa à ses jeunes clients de déjeuner à la bonne franquette. Elle avait préparé un plat de potirons frits avec des haricots, du maïs, de l'ail et des oignons. C'était délicieux, mais, peu allègres, ils chipotaient. Genia buvait du vin sans retenue. Carle finit par lui ôter la bouteille des mains.

– Donne-moi ça, dit Genia d'un ton belliqueux. J'ai besoin de boire. Hier, j'avais six frères et sœurs. Aujourd'hui, si ça se trouve, j'ai plus personne.

Il eut une sorte de hoquet qui fit frémir Joam : ce hoquet-là, le fils du Cageot l'avait souvent entendu, quand son père se lançait dans un de ces discours larmoyants dont les ivrognes ont la spécialité. Des discours si pathétiques qu'ils vous auraient tiré les larmes des yeux, sans ce hoquet ricaneur qui leur enlevait toute portée et semblait tourner en dérision les émotions les plus sincères. A cause du hoquet, Joam s'était toujours méfié des élans d'affection du Cageot à son égard. Mais comme Genia, la voix pâteuse, évoquait la façon dont Petite Botte, le plus jeune de ses frères, venait le réveiller le matin en lui chatouillant le nez avec une plume de dindon, Joam se dit que le Cageot ne mentait peut-être pas quand, de la même voix pâteuse, il jurait qu'il n'avait rien de plus cher au monde que son fils...

– C'est juste pour Petite Botte, hoquetait Genia. Le reste, ça m'est égal. Mais s'*ils* ont tué Petite Botte... Même en vacances, il emmenait sa plume de dindon...

Brusquement, il éclata en sanglots. Joam fit une drôle de petite grimace et posa fugitivement sa main sur celle de Genia, qui la retira aussitôt. Les autres avaient les larmes aux yeux. Buf voyait son père lié à un poteau, devant un peloton d'exécution. A coup sûr, le colonel Hernan, héroïque jusqu'au bout, avait demandé à crier lui-même : « Feu ! » Silvio poussa un cri étranglé : il pensait à sa mère, sa mère si délicate qu'il lui fallait au moins dix heures de sommeil chaque nuit, réveillée par des soudards, insultée, brutalisée, et peut-être même...

– Non mais c'est pas bientôt fini ?

La voix dure de Carle les fit tous sursauter.

– Encore un peu, et vous allez tous pleurer comme des veaux. Vous ne croyez pas qu'on a mieux à faire ?

Carle se lança dans un petit discours pour remonter le moral des troupes. Il se donna en modèle, parla d'être stoïque. Se soûler et larmoyer, c'était bon pour les minables, pour les défaitistes.

– Pour le moment, dit-il, inutile de se ronger les sangs. Il faut attendre au moins qu'on puisse téléphoner. Mais vous ne croyez quand même pas que les nôtres auront été assez stupides pour se laisser prendre au nid ?

Il sut les persuader. Ils virent clairement devant eux leurs papas et mamans, gens résolus, huilés, coulissiers, riches d'entregent, de fric, de véhicules, de ruse. Ils entreprirent de se rassurer mutuellement. Sans aucun doute, ayant fui à temps, leurs familles se trouvaient maintenant en sécurité.

– Écoutez, reprit Carle, c'est trop bête. Voluntia n'est jamais qu'à une heure de la frontière, et la route pour passer les Ombres est excellente au col de Genouve.

Prenant la balle au bond, ils évoquèrent la configuration du pays, allongé comme une plume entre l'océan et la chaîne des Ombres. La montagne était une barrière, mais la mer ouvrait, leur semblait-il, d'infinies possibilités d'évasion. Genia se rappela opportunément le yacht de son oncle, amarré dans le port de Lagune, à quarante-cinq kilomètres de Voluntia.

– Avec ce bateau-là, dit-il, on pourrait fuir au bout du monde.

Silvio se rassura en énumérant les nombreux amis de sa mère : elle en avait un peu partout, en Europe et ailleurs, tous des manitous, des puissants, des influents, des bien en cour. Buf songeait à la grande force physique de son colonel de père, à son adresse aux armes de poing, à sa flopée d'espions.

Cependant, Joam se faisait tout petit dans son coin. Ces histoires de parents lui remuaient l'âme. Il aurait voulu pouvoir dire à ses camarades qu'il compatissait à leur peine, parce qu'il pouvait la comprendre très exactement.

Il pensait à la mort du Cageot.

A l'orphelinat, les premiers temps, il pleurait pendant des nuits entières. Ça réveillait le surveillant. Cet homme brutal enfermait alors Joam dans les latrines. A la fin, la directrice avait convoqué le fauteur de troubles : « A quoi bon tant pleurer ? disait-elle en substance. Votre père après tout n'était qu'un clochard et un alcoolique. Ici, vous aurez la chance d'apprendre un bon métier. »

Les autres pensionnaires ne comprenaient pas son chagrin. Eux venaient de familles où ils crevaient la faim, et où on les battait pour un oui pour un non. Le Cageot n'avait jamais battu Joam. Toutes les nuits, au risque de se faire descendre par les gardes, il allait marauder des fruits pour son fils dans les vergers de Voluntia.

Les premières semaines qu'il passa à l'institution, Joam – c'était l'été – ne quitta pas un petit anorak bleu qui était son seul trésor. Pour lui offrir cet anorak, le grand paresseux de Cageot avait travaillé tout un mois dans un entrepôt de nitrates. Le jour où le vêtement disparut (la directrice, sans doute, l'avait fait confisquer), Joam inventa l'idée de descendre dans un terrier où il se tint désormais, indifférent au grouillement des bêtes nuisibles de la surface. Il devint taciturne, farouche, patient, docile. On lui attribuait de bonnes notes. Qui aurait deviné qu'il menait sa vraie vie dans un petit terrier ?

Cependant, Genia et Silvio ne tenaient pas en place. Ils suppliaient le Lituanien d'essayer le téléphone. Au bout du compte, cet homme exaspéré les envoya paître. Il cherchait les radios étrangères sur un gros Grundig Satellit.

– Allons faire un tour, dit Carle. On reviendra dans un moment.

Ils se mirent à errer tristement. En début d'après-midi, comme ils rôdaient près de la gare, ils eurent la surprise de voir arriver un train en provenance de Voluntia. C'étaient des rescapés du coup d'État, des étudiants et des cheminots qui s'étaient emparés d'une locomotive et de quelques voitures. Ils apportaient des nouvelles épouvantables. En un clin d'œil, la cour de la gare fut bourrée de curieux avides d'entendre des détails.

A Voluntia, les militaires se comportaient avec l'ordinaire barbarie des vainqueurs. Dans l'avenue Marcosias, les soldats du 8e de cavalerie avaient fait coucher des prisonniers sur la chaussée et les avaient écrasés sous les chenilles de leurs tanks. Les opposants s'entassaient dans les culs-de-basse-fosse des casernes. On disait que les soldats avaient enfermé des centaines de femmes dans les grands silos à maïs à l'orée du désert nordique, où les prisonnières devaient mourir de froid, de faim et des sévices que leur infligeaient les soudards. Les étudiants montrèrent un tract que l'armée affichait partout à Voluntia : d'après ce tract, quatre-vingts rebelles avaient été pendus aux palmiers qui entourent la place d'armes. Carle prit le feuillet froissé. Les lettres se brouillaient devant ses yeux.

A cet instant, les douze gendarmes de Limanton qui arrivaient pour disperser le rassemblement furent pris à partie par les étudiants. S'ensuivit une courte échauffourée. Les gendarmes furent chassés. On renversa leur Jeep. Les étudiants exposèrent alors leur plan : ils comptaient mettre en route le petit train des Ombres – la fameuse Gondole – et passer la frontière au col de l'Homme-Mort.

– Viendrez-vous avec nous ? demanda leur chef à Carle.

Mais Carle ne répondit pas. Livide, il regardait le tract des putschistes et se demandait si son père figurait parmi les quatre-vingts pendus.

Les étudiants couraient dans toutes les directions. Ils cherchaient des armes. Déjà, on sortait de son hangar la motrice du petit train des Ombres. Quelques excités avaient allumé un feu et faisaient rôtir des poulets. D'autres braillaient des chansons.

– Viendrez-vous avec nous ? répéta le chef des étudiants.

Ils n'en avaient pas la moindre envie et profitèrent d'un remous dans la foule pour disparaître sans se faire remarquer.

Le Lituanien était toujours pendu à son récepteur. Il donna les dernières informations. La junte consolidait sa victoire. Les aérodromes étaient fermés, les ports occupés. Le pays commençait de ressembler à un piège. Cependant, les communications téléphoniques avec la capitale étaient rétablies.

Buf put joindre une de ses sœurs, mariée à un commissaire de police.

– Je ne sais pas ce que père fricote, dit-elle, mais il a l'air de tirer son épingle du jeu. Il nous appelle toutes les deux heures. Maman va venir passer quelques jours avec nous. On a des instructions pour toi. Tu ne dois pas rentrer à Voluntia. Ton nom est sur la liste des suspects. Ceux de tes camarades aussi. Quelle idée vous avez eue, tous, de vous inscrire aux Jeunesses libérales ? Ne serait-ce que par prudence, il faut que tu quittes le pays.

Après avoir appelé trente fois chez lui où personne ne répondait, Genia réussit à contacter l'associé de son père, dans leurs bureaux du centre-ville. Cet homme paraissait terrorisé.

– José a eu le nez creux, dit-il. Dans la nuit de vendredi à samedi, il a embarqué toute sa smala, direction Lagune et le yacht de ton oncle. On avait été prévenus vers une heure du matin par un ami à nous, l'économe de la caserne Martin-Berdin. Ils ont dit que tu devais te débrouiller tout seul. Tes petits frères, tu comprends, il fallait les mettre à l'abri.

Carle téléphona en vain à l'appartement de ses parents, à leur pavillon des faubourgs, à leur villa du bord de mer et à une garçonnière secrète de son père, dont il n'aurait pas dû connaître le numéro. Il n'eut pas plus de chance auprès des amis de la famille, qui semblaient tous avoir déserté leur domicile.

– Je suis dans le noir le plus complet, confia-t-il à ses amis qui l'interrogeaient.

Il jouait plus que jamais les hommes forts, et seul Joam se demanda ce que Carle éprouvait vraiment derrière son attitude impassible.

Silvio eut au bout du fil Charlotte, la caméristе de sa mère. Elle fut très émue de l'entendre, poussa des hauts cris. Mme Séverine avait eu de la chance. Le vendredi soir, un ami l'avait invitée *in extremis* à une soirée littéraire de l'autre côté de la frontière. Bien entendu, le samedi, en apprenant ce qui se passait, elle était restée sur place. On n'arrivait pas à avoir de ses nouvelles, à cause de ce maudit téléphone tout le temps coupé. Brusquement, la caméristе se mit à pleurer. Elle conjura M. Silvio de ne pas rentrer à Voluntia. Les militaires étaient venus perquisitionner. Ils avaient tout cassé dans la maison, et emporté les manuscrits de Mme Séverine pour les brûler en place publique.

La communication fut brutalement interrompue. A tous les essais qu'ils firent ensuite, le téléphone opposa un mutisme obstiné. Il n'y avait même plus de tonalité.

Tout d'un coup, chacun eut peur pour soi. Quelqu'un parla de gueule du loup. Il devenait imprudent de rester chez le Lituanien. Mais où aller ? Au refuge, au moins, personne ne viendrait les chercher. Ils reprirent aussitôt la route des montagnes. Comme ils s'en allaient, la femme du Lituanien les suivit dans la cour. Ils la virent jeter dans la fosse d'aisance la carabine de son mari.

Il était sept heures du soir. Arrivés en haut des collines qui dominent Limanton, ils virent un vol d'hélicoptères descendre sur la ville. Les appareils se posèrent dans les parcs à moutons près de la rivière. Un peu plus tard, ils entendirent des explosions. Une fumée noire s'éleva dans le ciel violet du crépuscule : c'était le petit train des Ombres qui brûlait.

Quand ils arrivèrent au refuge, ils étaient terrorisés. La situation leur apparaissait enfin dans toute sa réalité sinistre. A chaque instant, ils sortaient sur le pas de la porte, tendaient l'oreille, guettaient le ciel. Ils parlaient à tort et à travers, dans la plus grande confusion.

Pour s'étourdir, ils s'essayèrent à la vindicte et à l'imprécation. Ces salauds de militaires. On le savait bien, que les casernes s'agitaient. Mais qui aurait pu se douter que les choses iraient aussi vite ? N'empêche, les fascistes ne l'emporteraient pas en paradis. La résistance allait s'organiser...

Cette fièvre fulminatoire dura peu, et le sentiment de leur misère revint les assaillir. La situation les dépassait. Rassurés sur le sort de leurs familles, il n'en était pas moins vrai qu'ils se trouvaient dans le pétrin. Qu'allaient-ils devenir ? Ils discutaient fébrilement, et les propositions absurdes succédaient aux idées sans queue ni tête. Silvio parlait de gagner la côte et de prendre un bateau. Buf le rabroua.

– Pauvre innocent ! Tu n'as pas écouté la radio, chez le Lituanien ? Les ports sont occupés. Où iras-tu le pêcher, ton bateau ?

D'ailleurs, il était imprudent de quitter l'abri des montagnes. Les militaires devaient surveiller étroitement la plaine. Ils ne pouvaient courir le risque d'être pris et de servir d'otages.

Buf plissait le front, Silvio s'agitait comme une mouche, Genia s'avachissait. Désemparés, ils se tournaient vers Carle comme vers le chef qui saurait.

Mais Carle se taisait. Il pensait à ses parents dont il n'avait pas de nouvelles. Il n'aimait pas trop la tournure que prenaient ses pensées.

« Mes père et mère, se disait-il, je les connais à peine. En fait, je ne les ai jamais vraiment connus. Ils n'ont jamais été pour moi que des personnages de théâtre.

« Quand j'étais petit, mon père, c'était carrément Jupiter sur l'Olympe. Je le croisais dans l'escalier – toujours escorté d'adjoints, de courtisans, de sbires. Chapeau, canne, manteau, opulent, la barbe navigable. Il me flattait la tête en passant. " Comment allons-nous, petit... ? " Il m'appelait son petit poney. Mais c'était lui qui galopait – la politique, la chasse, les voyages, ses maîtresses –, toujours monté sur de très grands chevaux. Il n'y avait pas de place dans sa vie pour un petit poney.

« Ma mère se consacrait tout entière aux réceptions et aux bonnes œuvres. Les nurses s'occupaient de moi. On en changeait tous les quatre matins. Ma mère y veillait : il ne fallait pas que je m'attache. Cette femme qui ne m'aimait pas trouvait le moyen d'être jalouse de celles qu'elle payait pour m'aimer à sa place.

« Suis-je donc un salaud ? se demandait Carle. Peut-on me jeter la pierre si j'avoue me ficher du sort de mes parents comme de l'an quarante ?

« D'ailleurs, j'aurais bien tort de m'en faire. Alexandre est une fripouille et les fripouilles s'en tirent toujours. »

Il voyait parfaitement Alexandre, avec son chapeau orné de petites plumes, son pardessus caparaçon, ses mains baguées, sa barbe fluviale, ouvrant son coffre-fort à trente-six pênes et cinquante canons de combinaisons, prenant la mallette aux lingots, quelques dossiers, son revolver ; il voyait parfaitement sa mère, emballée dans son manteau de fourrure le plus cher, les doigts crispés sur son coffret à bijoux ; il voyait tout ça s'en allant dare-dare dans la grosse limousine, jusqu'au hangar secret où Alexandre, en prévision des coups durs, dissimule un avion, une montgolfière, un dirigeable, que sais-je, moi ? une navette spatiale !

Cet examen de conscience l'agaça rapidement. « Je suis un homme d'action », se dit-il. Une idée l'effleura : peut-être qu'il n'avait jamais aimé personne. « Mais les chefs, se dit-il encore, les chefs sont toujours comme ça. »

Il était temps, d'autre part, de mettre fin au calvaire des autres qui, privés de son autorité, s'emberlificotaient dans des discussions à n'en plus finir. Buf rabâchait l'avis qu'il fallait passer dans le pays voisin en traversant les Ombres, mais avouait son impuissance à échafauder une stratégie précise. Carle redressa les épaules, toussa pour s'éclaircir la voix et prit la parole sur un ton supérieur et assuré.

– Buf a raison, dit-il. Notre seule chance, c'est effectivement de traverser la montagne. Seulement, il faudra qu'on s'y prenne un peu plus intelligemment que les rigolos de tout à l'heure avec leur tortillard. J'ai mon idée. Je vous l'expliquerai demain matin.

Il les étudia tous quelques instants d'un regard circulaire et royal, découvrit Joam qui continuait à se faire tout petit dans son coin, et ajouta avec une désinvolture calculée :

– Bien entendu, Joam vient avec nous. Il est dans le bain, lui aussi. N'est-ce pas, Joam, dit-il, n'est-ce pas que tu viens avec nous ?

Joam sortit sur-le-champ de son petit terrier et fit un signe d'acquiescement. Mais il eut tout à coup envie d'une ironie.

– Bien sûr que je viens, dit-il. Après tout, c'est ma seule chance de voir du pays.

Les autres le regardèrent d'un drôle d'air. Se moquait-il d'eux ? Mais Joam souriait, l'air inoffensif. Son destin était décidément une chose risible. Comme tous les titulaires de la Cotisation, il avait été inscrit d'office aux Jeunesses libérales. Son nom devait figurer en bonne place sur les listes de suspects.

Carle envoya tout le monde se coucher, et quand les oropaldes arrivèrent, Joam était en plein rêve.

Dans son rêve, le Cageot, devenu trésorier universel, s'occupait de percevoir la Cotisation : vêtu de sa vieille salopette bleue et coiffé d'une casquette de chef de gare, il passait dans les rangs du congrès libéral, un cageot à la main en guise de sébile, et criait de sa voix de stentor :

– A la poche, messieurs, à la poche !

Chapitre trois

Au petit matin, alors que tous dormaient dans le refuge, Joam s'extirpa de son sac de couchage et sortit sans faire de bruit. Dehors, l'air était glacial. Le jour se levait à peine. Le ciel et la terre étaient encore pleins d'ombres. Mêlée à la petite nuit de l'aube, une foule silencieuse de brumes occupait les ravins et cachait la montagne. Les arbres au bord du ruisseau avaient l'air de découpages de carton noir. Le temps était immobile.

Joam se lava vivement dans la citerne et rentra allumer le feu. Dix minutes plus tard, une bonne odeur de café se répandait dans le refuge, et les autres commencèrent de grogner dans leurs sacs de couchage. L'odeur du café leur donnait un appétit terrible. Joam posait des biscuits sur la table, de la pâte de goyave. A l'orphelinat, il se levait toujours une heure avant les autres, il disposait ainsi d'un bon moment de véritable solitude.

Ils mangèrent machinalement. Buf et Carle se rasèrent à l'eau froide. Joam, Genia et Silvio n'avaient encore que de petits poils tendres. Puis Joam aida Genia à refaire son pansement et Carle déploya des cartes. Comme toujours, il prenait les choses en main.

– Dans une heure au plus tard, dit-il, il faut que nous soyons partis.

A Limanton, des gens pouvaient parler et avertir les militaires qu'un groupe de randonneurs séjournait au refuge.

– Si on traîne trop, on va voir arriver des hélicoptères.

Carle jouait son rôle de meneur d'hommes avec une grande conviction. Il se battit longuement avec les cartes d'état-major. Puis il exposa son plan. Il s'agissait de descendre assez bas vers le sud pour pouvoir traverser la chaîne des Ombres dans les meilleures conditions. L'entreprise présentait certaines difficultés.

– Je vais vous expliquer comment ça se présente, dit Carle.

« A deux ou trois jours de marche d'ici, on trouve la passe de l'Oute. Elle est indiquée en rouge sur les cartes. Ça veut dire qu'elle est presque impraticable. Elle perche à deux mille neuf cents ou trois mille mètres d'altitude et débouche sur des gorges insensées, toutes pourries d'avalanches. Les cols suivants ne valent guère mieux. Même hauteur, mêmes dangers. Les pistes ont été emportées par les glissements de terrain et par les torrents qui dévalent la montagne à la fonte des neiges. Heureusement, la chaîne des Ombres perd de la hauteur à mesure qu'on descend vers le sud. En arrivant dans la région des Lacs, on commence à trouver des cols beaucoup plus faciles à passer. Celui de Chamín, par exemple, qui...

– La région des Lacs ? cria Genia. Mais c'est au moins à trois cents kilomètres d'ici !

– Trois cent cinquante, dit Carle. Tu préfères te rendre tout de suite aux hélicoptères ?

– Trois cent cinquante kilomètres, c'est pas la mer à boire, dit Buf. Il suffit de marcher. Même toi, tu peux faire ça, Genia. Tu perdras ta graisse, mais bon.

– Marcher, dit Silvio, c'est bien joli, mais quelle route on va prendre ? Si on marche dans la plaine, les soldats vont nous repérer. Et si on reste dans les collines, on n'est pas tirés d'affaire. C'est un labyrinthe. Il n'y a pas de route dans les collines.

– Il y a la route des Égipans, dit Carle.

Ils s'exclamèrent. La route des Égipans, on en avait parlé en cours de géographie. C'est une antique voie de communication datant du

XIVe siècle. Les Égipans l'avaient construite à travers les collines, tout le long de la chaîne des Ombres, car ils aimaient voyager.

Carle était assez fier de son idée. Elle enflammait du reste les imaginations. Personne n'irait les chercher sur la route des Égipans. Et c'était sans doute une bonne idée de descendre vers le sud. Les régions australes sont peu peuplées. On ne risque pas d'y rencontrer à tout bout de champ des casernes ou des gendarmeries. Les bouts de champ là-bas ont la forme de forêts géantes, de pâturages immenses, de vallées démesurées et de lacs grands comme des provinces. Il y a peu de villes. L'inconvénient de la région réside dans son climat. Le Sud est forestier, très froid, extrêmement humide. Ils tombèrent d'accord qu'il fallait se hâter. Dans quelques semaines, l'hiver commencerait pour de bon, et l'hiver, dans la région des Lacs, ce serait de la pluie, de la boue, des tempêtes à n'en plus finir. Quant à passer les cols, il n'y faudrait plus compter, car la neige tomberait sur les Ombres.

Chapitre quatre

Ils trouvèrent sans peine la route des Égipans. Elle était telle que Carle l'avait décrite : solide, bien empierrée, tracée à coups de règle dans le bouleversement des collines – tantôt juchée sur des remblais de caillasse, tantôt se frayant un passage dans des corridors monumentaux. Avec ça, à peine embroussaillée, miraculeusement préservée des étouffants ronciers qui foisonnaient sur les collines. Par endroits, les dalles de la chaussée étaient recouvertes d'un enduit bitumineux aussi dur que le basalte. La route passait les torrents sur des ponts lourdement maçonnés qui avaient su résister à sept ou huit siècles de crues sans aucune gentillesse.

On avait plaisir à marcher sur cette route : comme on n'y croisait personne, on s'y sentait en parfaite sécurité. Les collines alentour étaient désertes, livrées à la friche et au maquis. Il semblait qu'à Limanton avaient fini les terrasses d'oignons, de piment, de tabac, les vignes et les oliviers, les pommeraies et la baguenaude des troupeaux de chèvres. La terre des collines était rouge. Dans les ravins s'entassaient d'énormes boulets de basalte. Souvent, le matin, à l'heure où la rosée dégouttait des branches, on voyait sortir des fourrés cinq ou six putois charbonniers, le père, la mère et les petits, échelonnés dans l'ordre décroissant d'une série de poids et mesures, qui traversaient la route tranquillement et disparaissaient dans la montagne des Ombres.

La route allait toujours, unie comme une ardoise. Ils marchaient entre la houle fauve des collines à leur droite et les Ombres à gauche, qui étaient comme un immense voilier gréé de neige et de nuages, naviguant de conserve avec leur petite caravane.

Les montagnes les faisaient vivre continuellement dans un émerveillement mêlé de crainte. C'était un monde compliqué, abrupt, illuminé souvent de lumières étranges. Les nuages bouillonnaient sur la tête des pics. Sur le ciel noir, les orages explosaient comme des feux d'artifice.

Parfois, une vallée transversale fracturait brutalement la montagne et, au fond d'une gorge à bords tranchants comme les mâchoires d'un piège, apparaissait tout à coup, derrière l'encens bleu des brumes, un volcan noir et blanc époustouflant de perfection, et beau dans ses lignes pures comme un dessin chinois.

Les montagnes avaient toutes maintenant des épaules de glace. Elles dressaient à la rencontre du ciel de vertigineuses esplanades à reflets de vieux bronze. Dans les précipices les plus haut perchés s'entassaient des gerbiers d'éboulis. Les glaciers, dans la nuit, jetaient des lueurs vertes. D'innombrables torrents, tout en nœuds et en colères, descendaient du versant des Ombres, charriant des eaux grises qu'il fallait goûter prudemment avant de les boire, car elles étaient souvent chargées de sels amers.

Les brouillards avaient à peu près disparu. Ils planaient sur la route le matin, pendant une heure ou deux, puis s'élevaient rapidement le long des parois et se dissolvaient dans la limpidité du jour.

On vivait toute la journée dans une espèce de temps gris acier, solide et imperturbable, très lucide et très franc, qui refusait absolument de servir de décor au romantisme et à la mélancolie. Pas le moindre mystère dans les facettes de la nuit. Les étoiles enchâssaient dans le noir des corindons exacts. Les montagnes étaient glaciales et nettes comme un laboratoire.

Au fur et à mesure qu'ils marchaient, ils sentaient revenir en eux la force et l'espérance. Ils marchaient avec entrain sur une piste de haute fantaisie, fréquentée seulement par des cohortes de putois, des chevreuils en rupture de hardes, et des lézards fanfarons qui galopaient sur la chaussée comme de petits chevaux d'émeraude.

Carle s'était taillé une espèce de houlette. Il aurait aimé avoir une casquette en fourrure. Buf jouait les éclaireurs et gambadait comme un chamois. Genia se plaisait à reconnaître que la marche lui faisait du bien.

– Je trouve mon second souffle, disait-il.

Silvio ramassait des herbes, des cailloux, des insectes et, le soir, au bivouac, récitait des poèmes. Joam portait la tente et le matériel de cuisine. Il lavait la vaisselle dans l'eau glaciale des torrents. On acceptait sans trop récriminer de se serrer la ceinture. Carle organisait le rationnement avec sévérité.

De plus en plus souvent, on voyait des oropaldes passer dans le ciel. C'étaient des monstres magnifiques, avec des plumes énormes. Le bord de leurs ailes était transparent. Ils erraient avec indolence et descendaient parfois se poser sur la route.

Buf connaissait toutes sortes d'histoires sur les oropaldes. Quand les chasseurs peuvent capturer un de ces grands oiseaux, ils le forcent à se suicider. C'est un jeu. On crève les yeux de la bête avec un poinçon, et on lui rend sa liberté. L'oiseau court un instant, avec des cris de douleur, puis il s'envole comme un fou et monte dans le ciel tout droit, presque à la verticale. Ses compagnons arrivent des quatre coins de l'horizon et l'entourent avec curiosité. Mais il ne leur prête aucune attention. Il monte encore, encore, de plus en plus haut et se perd dans le ciel.

– Il va aussi loin qu'il peut mais, au bout d'un moment, le désespoir le prend d'être aveugle. Alors il se laisse tomber comme une pierre. On le voit s'abattre du haut des nuages et s'assommer sur les rochers.

On commença à rencontrer des ruines au bord de la route, des mines abandonnées, des villages habités par les renards et les abeilles. Les mines n'avaient jamais été des exploitations bien prospères. C'étaient, le plus souvent, deux ou trois excavations au fond d'un ravin, une galerie creusée à la va-comme-je-te-pousse, un puits hâtivement foncé, un bout de tranchée, un lavoir grand comme un mouchoir. Au point où c'en était, il ne restait que quelques tas de déblais sous les orties, et deux ou trois maisonnettes d'argile en train de retourner à la poussière originelle.

Les villages étaient engloutis sous les ronces.

– Il y a trente ou quarante ans de ça, dit Carle, les gens d'ici sont tous allés s'installer dans la plaine. C'était le moment où on commençait de développer là-bas les grands élevages et les usines.

Ce pays en ruine faisait un peu peur. Silvio fouillait dans les haldes des mines et ramassait des minerais irisés, des géodes de cristaux bleus, fins comme des aiguilles, des nodules de pierre verte. Il aurait voulu bourrer son sac de cailloux, mais y renonçait pour ne pas avoir à charrier un poids supplémentaire. Ayant sollicité Joam de se charger de quelques minéraux, il se vit opposer un refus très net. Il en garda une rancœur qu'il comptait apaiser plus tard, une fois tiré d'affaire, par des vengeances sournoises.

Joam, lui, emportait les paysages dans son petit terrier.

Ils trouvèrent à dormir dans des bergeries écroulées, dans de vieux enclos à cochons, et dans ces chapelles de pierre peinte que les habitants d'autrefois multipliaient au cœur des bois.

Le pays devenait de plus en plus vert, de plus en plus humide. Les arbres grandissaient. Les broussailles laissaient la place aux fougères et aux bambous. Le soir, on mettait des feuilles d'amiante sous les sacs de couchage. Genia, pour dormir, se coiffait d'un bonnet.

La route s'infiltra dans des norvèges forestières. On ne voyait plus guère le relief des collines. On marchait en plein bois, sous des hêtres énormes, ou dans la nuit verte des sapinières. Quand la forêt s'interrompait, on apercevait, sur de grands épaulements rocheux, des biches en train de brouter ou des lièvres très blancs qui prenaient le soleil.

Les vivres vinrent à manquer. Tout d'abord, ils ne firent qu'en rire. Ils s'égaillèrent dans les bois, ramassèrent un plein sac de fruits sauvages. Carle se faisait fort de dénicher des œufs. Il en trouva cinq ou six, très gros, mais parfaitement pourris. Genia proposa de tirer à la courte paille pour savoir qui serait mangé.

Ils essayèrent de pêcher. Ils avaient tous lu ces livres amusants où des petits malins prennent sans coup férir des poissons à la main. Ils tentèrent leur chance. Buf s'en tira honorablement. Il revint avec cinq ou six spécimens de belle apparence. Ils étaient immangeables, amers, farcis d'arêtes. Personne n'osait toucher aux champignons de la forêt.

Heureusement, on entrait dans des cantons plus peuplés. Les villages devinrent subitement des nids de lumière au crépuscule. Les hommes firent leur apparition. Ils n'avaient pas l'air bien engageant. C'étaient des chevriers velus comme des faunes, escortant des biquettes endiablées ; des bûcherons à l'allure d'ogres, qui menaient sur la route de gros attelages de bœufs ; des chasseurs d'on ne savait quoi, le coutelas à la ceinture et sur l'épaule une pétoire déglinguée.

Les villages se tenaient soigneusement à l'écart de la route, mais s'annonçaient par des ruches échelant au flanc d'un vallon, par des pêcheries et des viviers aménagés sur le bord d'une rivière.

Ils descendirent dans les villages et assistèrent à des spectacles singuliers. Une dizaine d'individus, dont quelques musiciens, avaient amené un mouton devant la chapelle d'un cimetière. Ils dansaient autour de la bête, que tenait un homme armé d'une hache. La danse terminée, l'homme à la hache tua l'animal. Au son des flûtes et des bandonéons se mêla le carillon de deux ou trois cloches fêlées. Puis on chargea le mouton sur les épaules d'un gaillard et une procession se mit en marche. Dans le cimetière, quelques enfants en haillons dansaient autour d'une flaque de sang.

Les hommes de ces pays avaient d'invraisemblables têtes de flibustiers, et vivotaient en élevant du bétail, en piégeant des bêtes à fourrure, en bûcheronnant à la va-comme-je-te-pousse. Certains exploitaient en commun de petits gisements de lignite. Dans les maisons grossièrement maçonnées, hommes, femmes et enfants s'entassaient pêle-mêle, avec des chiens, des chèvres, des poules et des cobayes. Le seul meuble était un fourneau en argile et un lit de grosses peaux chamboulées.

Personne parmi les forestiers ne semblait avoir entendu parler du coup d'État. Mais aussi bien, ces hommes ne quittaient jamais leurs bois. Beaucoup ne savaient même pas que Voluntia existait. Comme disait Carle, ils ne connaissaient le progrès que par des racontars, et n'avaient sans doute jamais vu un poste de radio.

Des vieillards en chapeaux plats de velours ornés de ganses et de franges étaient assis près du grand feu central avec des airs de sorciers. Les jours où le soleil était caché sous les nuages, ils se prétendaient capables de dire l'heure d'après la couleur des braises. Selon eux, les charbons rouges prennent une teinte, une intensité différente à chaque heure de la journée. On put vérifier qu'ils ne se trompaient jamais.

Les femmes avaient toutes sortes de superstitions et se promenaient parfois dans les bois, au crépuscule, psalmodiant des prières et levant devant leur visage des veilleuses en forme de croix.

On trouvait d'étranges petits masques ovales suspendus aux branches des arbres.

Carle s'était chargé des tractations commerciales. Il n'y montra aucune aptitude particulière. Les villageois se plaignaient. Il n'y avait pas grand-chose à manger dans ces pays de misère. Ils montraient leurs garde-manger vides, leurs celliers dégarnis. Ils offrirent des champignons séchés peu ragoûtants, des grenouilles boucanées, des tubercules de céleri, des galettes poussiéreuses à base de farine de pois chiche, et les sempiternelles pommes de terre gelées, racornies, noircies, déshydratées, dont on fait des soupes infectes qu'il faut relever de piment pour les rendre mangeables.

Les yeux des flibustiers s'allumaient quand Carle montrait ses billets de banque. Il jouait les grands seigneurs.

– Nous n'avons pas l'habitude de manger des saloperies, disait-il.

Ils obtinrent à prix d'or du lait, des noix, du miel et des pommes sauvages. Ils étaient affamés. Ils dévorèrent à belles dents des charcuteries très rouges et faisandées, et furent malades pendant trois jours. Carle se vit proposer de l'alcool de pommes de terre. Il en acheta un bidon pour faire le glorieux. C'était un tord-boyaux épouvantable.

Chapitre cinq

Le pays des Lacs n'était plus très loin maintenant. Ils s'arrêtèrent au pied d'une montagne particulièrement grandiose de la chaîne des Ombres, un hérissement de pics et d'aiguilles qu'on appelait la Cathédrale.

La Cathédrale était répertoriée dans les guides touristiques. Noire et dorée, avec d'incroyables flèches couleur de brique et de bronze, elle se détachait solennellement sur un ciel habité par le tumulte des nuages d'automne. A sa base, la forêt s'écartait et découvrait un vaste parvis de friches, de landes et de mouillères. Sur les grandes pelouses d'herbe rase brillaient des milliers de lis rouges. Dans les vallons, ils poussaient si serrés qu'on croyait voir couler des torrents écarlates.

Plusieurs vallées s'enfonçaient dans les flancs du massif. On y entendait jacasser des torrents et crier des canards sauvages. Les arbres commençaient à prendre leurs couleurs d'automne. Joam était émerveillé par l'or et le vermeil des feuilles. On voyait passer dans le ciel des grues couronnées, des cygnes noirs, des flamants.

Ils plantèrent leur tente au cœur d'un taillis de houx énormes. Ils se firent une soupe au lait et aux pommes de terre. Genia, tout joyeux, se roulait dans l'herbe.

– Qu'est-ce qu'on est bien, dit-il.

C'était l'avis général : on était bien.

Seul Joam avait un air préoccupé. Ce soir-là, près du feu, pour la première fois de sa vie peut-être, il prit la parole sans que personne lui ait rien demandé.

– Voilà, dit-il en baissant la tête, voilà, je pense qu'on ne s'y prend pas de la bonne façon. Je veux dire : pour ces histoires de nourriture à demander dans les villages. Je pense que c'est imprudent de montrer son argent comme on fait.

Un ange passa. Joam continua, imperturbable.

– Les gens des bois, ils n'ont pas l'habitude de voir tant de billets dans la main d'un bonhomme. Ça pourrait bien leur donner des idées. Vous n'avez pas vu les regards qu'ils nous jetaient ? Si on marchandait, au moins. Mais non. Pour un peu, Carle leur donnerait plus qu'ils ne demandent. J'irai plus loin, conclut-il après une pause. Je crois qu'il vaudrait mieux ne rien acheter du tout. Qu'il vaudrait mieux voler la nourriture, le lait dans les cabanes, les fromages sur les claies des séchoirs. Voler, et filer sans demander son reste.

Il n'avait jamais tant parlé. Les autres n'en revenaient pas. En relevant la tête, Joam vit leurs regards : incrédules, offusqués, scandalisés. Genia branlait la tête. Buf cracha dans le feu. Silvio chuchota quelque chose à l'oreille de Carle et le chef prit la parole, très gonflé.

– Voler ? dit-il méchamment. C'est ça qu'on t'apprenait à l'orphelinat ? Nous n'avons pas ces manières, nous autres, ajouta-t-il avec un très joli mouvement du menton.

Joam ne se démonta pas. Il apprécia le « nous autres » en connaisseur. Quelque chose se passait en lui. Il changeait. Ces quatre types qu'il avait pris longtemps pour des sortes de dieux et dont hier encore il enviait l'aisance, le punch et le panache, il les voyait maintenant sous un jour tout à fait différent. Leurs limites et leurs insuffisances sautaient aux yeux de la façon la plus éclatante. Il les regarda, l'un après l'autre. Il les trouvait velléitaires, nigauds, imprudents, fanfarons et désespérément bornés. Silvio était un fat,

Genia un étourneau, Carle un chef à la mie de pain : il avait toujours l'air de chercher une borne pour grimper dessus, de peur de n'être pas assez grand. Buf valait peut-être un peu plus cher que les autres, malgré ses rodomontades musculaires, mais il avait à coup sûr un petit pois dans la cervelle. Joam pensa : « Ce n'est pas seulement leurs familles qu'ils regrettent, mais aussi tout leur monde d'insouciance qui s'est écroulé. »

Pour la première fois, il se sentait leur égal.

– Nous sommes en danger, dit-il froidement.

Genia ricana :

– En danger ?

– En danger, répéta Joam.

– Comment le sais-tu ? demanda Silvio.

Et Buf :

– Tu n'y connais rien en danger, gros malin.

Joam ne répondit pas. Il y a des choses qui sont trop difficiles à expliquer. Il avait fait son apprentissage du danger dans les rues de Voluntia quand il cherchait son père pendant des nuits entières. Il avait neuf ou dix ans. Les heures sonnaient les unes après les autres à la chapelle du carmel, et le Cageot ne rentrait pas. Joam n'arrivait pas à dormir. Il se levait, il s'habillait, il prenait son petit bâton – celui qui a un crochet de fer au bout et dont on se sert pour chasser les rats, quand ils envahissent la baraque –, et il se mettait en quête. Les nuits de Voluntia étaient closes et opaques. Elles étaient pleines de toutes sortes de sphinx qui travaillent dans l'ombre à fourguer leurs énigmes plus ou moins redoutables. Son père était probablement fourré dans un guêpier quelconque. Il avait une grande gueule et l'art de mettre son nez là où il ne fallait pas. Les bons jours, Joam le trouvait tout bonnement en train de ronfler dans les cageots de la halle. Alors il le secouait, le traînait, le tirait à l'abri dans une cave. Il le recouvrait d'une couverture qu'il avait apportée avec lui, se pelotonnait contre le grand corps séché d'alcool et s'endormait rassuré.

Il y avait eu l'orphelinat aussi, où il fallait être sur ses gardes à chaque seconde. Vous posiez votre chemise sur la chaise au pied du lit, avant de vous coucher. Vous tourniez le dos cinq secondes, et hop ! la chemise avait disparu.

Heureusement, depuis qu'il était mort, le Cageot ne quittait plus Joam. « Fils, disait-il, ne cède pas. N'oublie jamais que tu dois devenir le roi des oropaldes. »

– Je vous assure, répéta Joam, que nous sommes en danger.

– N'insiste pas, Joam, dit Carle d'un ton glacial. Tu me déçois beaucoup, ajouta-t-il.

Joam haussa les épaules. A cet instant précis, il avait l'impression que quelqu'un les épiait.

Chapitre six

Le lendemain matin, en allant, au pied de la Cathédrale, faire leur toilette dans un torrent, ils découvrirent, à l'endroit où celui-ci s'élargissait pour former une espèce de piscine naturelle, une fille qui se baignait.

Ils tombèrent en extase. Se baigner, en cette saison, et dans des eaux glaciales ! De loin, la fille avait l'air d'une beauté athlétique. Elle sortit de l'eau comme ils arrivaient et s'enveloppa dans une serviette. Pas intimidée pour deux sous, elle attendait de pied ferme Carle, Genia et Silvio qui, sans perdre un instant, marchèrent à sa rencontre. Une fille dans ces parages ! Ils gambadaient comme de jeunes lapins.

Buf et Joam étaient restés en arrière. Depuis le matin, Joam avait l'impression que Buf voulait lui dire quelque chose. Le grand ne le quittait pas d'une semelle. Joam attendait, avec la patience qu'il montrait en toute chose ; et là, tout d'un coup, Buf se décida enfin :

– J'ai réfléchi à ce que tu expliquais hier soir, et je suis d'accord avec toi. Il y a du danger dans l'air et nous sommes imprudents.

Il s'interrompit. Le front plissé, il observa ses copains qui faisaient les farauds autour de la baigneuse. Celle-ci répondait par toutes sortes de grâces et, pendant qu'elle se frictionnait, son corps avait de très jolis mouvements.

– Qu'est-ce qu'elle fout ici, cette sirène ? dit Buf. Tout ce que tu voudras, ce n'est pas naturel.

Il donna un coup de coude à Joam. Tous deux se rapprochèrent du groupe. Ils écoutèrent Carle raconter à la fille d'invraisemblables histoires.

– On tente un raid, disait-il, prenant des airs de conquistador. On a l'intention d'aller jusqu'aux terres australes et, là, d'affréter un bateau pour doubler le cap Sud.

– Je te vois aux terres australes, dit Buf entre ses dents.

Il s'avança vers la fille.

– Je suis Buf. Et voici Joam.

Elle leur serra la main. Elle s'appelait Lisa.

C'était une blonde qui respirait une sorte de santé sauvage. Elle s'exhibait avec une certaine complaisance, fière de son corps impeccable et de ses muscles élégants. Elle était presque aussi grande que Buf et ressemblait assez aux Artémis marmoréennes qu'on sculptait à la Renaissance. On appréciait la ligne de ses jambes fuselées, sa taille, ses proportions parfaites, la cambrure de son dos, ses cuisses pleines et dures, la tenue de ses seins. A la détailler, il vous venait une sensation d'euphorie.

Elle enfila une chemise de toile bleue, une veste et un pantalon de treillis. Puis il y eut de grosses bottes où, sans barguigner, elle fourra ses pieds mouillés.

Elle faisait partie d'une équipe de mineurs installés dans la montagne un peu plus loin. Ils avaient découvert un assez joli gisement de béryls. Silvio poussa des cris.

– Des béryls ! Quel genre de béryls ? Des émeraudes ? (Lisa eut l'air décontenancée.) Des aigues-marines, alors ? insista Silvio.

Lisa haussa les épaules.

– Pourquoi ne viendriez-vous pas au camp avec moi ? dit-elle. On fait une fête ce soir, ça tombe à pic.

Elle s'adressait à Carle comme au chef du groupe. Elle faisait mine de croire à son histoire de terres australes. Elle l'appelait capitaine.

– Qui m'aime me suive, cria-t-elle, et elle s'en allait déjà le long du torrent en direction de la montagne, et Silvio et Genia s'ébrouaient pour lui emboîter le pas, et Carle à son tour suivait le mouvement quand Buf tira le capitaine par la manche.

– Minute, capitaine, dit-il. On n'est pas chauds pour aller à ce camp.

– Qui n'est pas chaud ? demanda Carle.

– Moi et Joam, dit Buf.

Silvio et Genia s'étaient rapprochés et haussaient les épaules. Quel était le problème ? Un camp de mineurs, ça changerait des paysans. Ils espéraient rencontrer d'autres filles. Et puis ils avaient faim. Lisa leur avait fait miroiter une antilope rôtie. Ça faisait bien longtemps qu'ils n'avaient pas mangé de viande.

– Un peu de distraction, dit Genia, ça ne se refuse pas. On en a assez bavé, ajouta-t-il.

– Tu veux une médaille ? demanda Buf.

– Faites ce que vous voulez, dit Carle. Nous, on y va.

Il fit un signe de la main à Lisa qui les surveillait de loin.

– Il n'y a rien moyen, dit Buf à Joam. Quand il a une idée dans le crâne...

– On a intérêt à faire attention, dit Joam.

Le camp était une assez jolie pouillerie qui tenait tout le large d'une carrière sinistre taillée dans un contrefort de la Cathédrale des Ombres. Des bicoques de planches grossières s'adossaient aux parois du ravin ; un peu à l'écart, on apercevait un marabout de toile kaki sur lequel flottait le drapeau noir des pirates. Sous un auvent de roseaux s'abritaient deux vieux camions – des surplus de l'armée américaine –, une jeep et quelques machines de chantier : marteaux piqueurs, haveuses, perforatrices.

Les mineurs pouvaient être un petite quinzaine. Trois filles faisaient la popote au centre du camp sur un fourneau de tôle rouillée. Tout le monde était vêtu de défroques militaires. Ce qui frappait, c'était la jeunesse de cette bande sale et débraillée. Personne ici n'avait plus de vingt ans.

On accueillit les nouveaux venus avec exubérance. Ils allaient voir un peu la fête. Une antilope des bois cuisait sur une broche quelque part, et on avait largement de quoi boire.

Carle et les autres durent boire un grand coup de gnôle pour arroser leur arrivée. Puis Lisa alla les présenter à un type beaucoup plus âgé qui devait être le chef de la bande et que les autres appelaient « Papa » avec une certaine déférence.

Papa, un homme au visage corrodé, vêtu d'une cotte verdâtre absolument dégoûtante, était assis en tailleur à même le sol sous une hutte de roseaux. Il s'amusait à empailler des bêtes. Il était en train de bourrer de foin le ventre d'une fouine qu'il avait assez habilement reconstituée, et dont il avait déjà retroussé les babines, passé les gencives au rouge et poli les crocs. Devant lui s'étalait tout un assortiment d'objets piquants, grattants, coupants : des ciseaux, des alènes, des pinces, des bistouris, des racloirs, des aiguilles. Il fit un vague salut aux nouveaux arrivants, déclara qu'il les verrait plus tard et grogna :

– Dégagez, maintenant, en agitant une main noire et luisante de crasse. J'ai du boulot.

Derrière l'empailleur, une demi-douzaine d'animaux vivants, dûment entravés et attachés par le cou à un piquet de la baraque, attendaient leur tour. Ce qu'on lisait dans leurs yeux était insoutenable. Un petit vison, deux échassiers, un renard, une chouette se serraient les uns contre les autres en tremblant. Carle et sa bande furent terrifiés.

En quittant l'auvent, Buf dit à Joam :

– Je crois savoir qui sont ces gars. Mon père en parlait. On avait créé dans le Sud une espèce de ferme-prison pour les jeunes criminels. La ferme a brûlé une nuit et les pensionnaires sont partis dans la nature. Tout ce que tu veux, continua-t-il, que ce type qu'ils appellent Papa, c'est le gardien fou dont mon père parlait, celui qui a mis le feu et libéré les prisonniers...

– J'aimerais bien en toucher deux mots à Carle, dit enfin Buf. Celui-là, tu lui montres une fille, et il perd tout bon sens. Mais au fait, où est ce crétin ?

Carle avait tout bonnement disparu. Aux questions de Buf, les mineurs répondirent par des ricanements. Le nommé Carle avait filé avec Lisa. Ils en avaient sûrement pour jusqu'à la nuit.

– On n'a plus le choix, dit Joam. Tâchons seulement d'ouvrir l'œil. C'est vrai que les gens ici sont bizarres, mais ils n'ont peut-être pas de mauvaises intentions.

Genia et Silvio étaient déjà attablés avec quelques énergumènes. Genia avait dégotté une guitare, Silvio récitait des bribes de poèmes. La journée se passa en beuveries et ripailles. L'antilope était excellente. Genia se bâfra jusqu'à dégouliner littéralement de graisse. Silvio, bien excité, tentait sa chance auprès de toutes les filles du camp. C'étaient des laiderons, osseuses comme des chèvres.

Les mineurs organisèrent un petit tripot. On lançait en l'air huit plaquettes d'os, blanches d'un côté, noires de l'autre. A la retombée, il y avait sur la table des faces noires et des faces blanches. On gagnait quand le nombre de noires était pair.

Assis près du feu, Buf et Joam se parlaient à mi-voix. Ils n'avaient jamais été intimes mais, là encore, les choses changeaient, et Buf tout à coup se laissait aller à des confidences. Puis il demanda à Joam comment c'était l'orphelinat.

– L'orphelinat n'a plus aucune importance, dit Joam.

Quand la nuit tomba, deux filles apportèrent du café dans une gamelle. C'était un café spécial, dirent-elles, très fort en aromates. Chacun fut invité à se servir, on distribua du sucre et des quarts en aluminium. Genia déclara le café extraordinaire. Silvio, qui avait mal à la tête, en but pour se requinquer. Joam observa que les mineurs ne se précipitaient pas sur le breuvage. Ils y trempaient les lèvres, claquaient de la langue, prenaient des mines de grands dégustateurs. Puis, comme par hasard, ils se lançaient dans une discussion, oubliaient le café et reposaient leur tasse pleine.

– Comment trouvez-vous notre spécialité ? demandèrent-ils à Joam.

– Excellente, dit Joam.

Il leva son quart théâtralement, le vida, puis annonça qu'il allait pisser un coup.

– Avec tout ce qu'on a bu, expliqua-t-il en riant, ça devient nécessaire.

Il gagna les buissons dans le fond de la carrière, et déjà il se fourrait deux doigts dans le gosier quand il entendit des pas ; on l'appelait à voix basse. C'était Buf qui le rejoignait et qui, visiblement, avait eu la même idée que lui.

– Les grands esprits se rencontrent, dit Joam.

Il ne fallait rien garder. On ne savait pas si le café contenait un poison, ou seulement un somnifère. Un quart d'heure plus tard, revenus près du feu, ils virent sans surprise Genia et Silvio s'endormir et tomber l'un sur l'autre comme des masses. Alors eux aussi firent les dodelinants. Ils piquèrent du nez, roulèrent sur le sol où ils restèrent immobiles, couchés en chien de fusil. Le silence s'était fait dans le camp. On n'entendait plus que les légers crépitements du feu et un peu de vent qui tournait au fond de la carrière.

Une voix résonna brusquement dans la nuit, celle du dingo que les autres appelaient Papa. Papa était sorti de son trou et contemplait avec satisfaction ses victimes étendues près du feu. Il eut un petit rire. Puis :

– Dormez, petits enfants, dit-il.

Les autres, toute la bande, on les sentait auprès de lui, attentifs, presque obséquieux. Cet homme était leur mentor, leur modèle, leur maître. Humblement, chacun attendait qu'il distribue les blâmes et les bons points. En tout temps, ils craignaient sa colère.

Mais Papa ce soir était de bonne humeur.

– Bravo, les gars, dit-il, vous avez bien joué la partie. C'est pas ce que ça va nous rapporter, mais on s'amuse, c'est l'essentiel. Il faut féliciter Lisa.

– Pff ! fit Lisa. Vous parlez d'une affaire. C'est des niais, ces types.

– Je dis pas, je dis pas, mais tu as fait fort quand même. Fais-moi-z'y penser, je te donnerai la petite fouine que je suis en train de finir. Tu verras, c'est un vrai bichon.

Deux costauds étaient allés chercher Carle dans le marabout. Ils le jetèrent inconscient à côté des autres.

– C'est dommage pour lui, dit Lisa. Il avait certaines qualités.

– Des qualités ? dit Papa. Tu voudrais pas que je l'empaille, quand même ? Mais faut pas mollir. Au boulot, mes salauds. Dépouillez-moi ces lapins-là.

On leur prit tout ce qu'ils avaient dans les poches : papiers, lampes, couteaux. On prit leurs montres. Il y eut des sifflements admiratifs : le portefeuille de Carle passait de main en main. Papa le reçut finalement et grogna de plaisir. On s'amusa beaucoup à compulser le carnet où Silvio gardait toutes sortes de petits trésors, et trente-six photos de sa chère maman. On leur enleva aussi leurs vestes de montagne.

Puis un moteur gronda. Des phares illuminèrent la nuit. Un des camions manœuvrait et s'approcha du feu en marche arrière.

– Lisa et Raimon ! dit Papa. Écoutez-moi. Vous emmenez ces gars-là à l'étang. Vous savez quoi en faire. En revenant, faudra passer à leur camp prendre les sacs qu'ils avaient. Lisa sait où ça se trouve. Je veux que vous soyez de retour dans deux heures.

On les chargea à l'arrière du camion, on les recouvrit d'une bâche qui sentait le fumier. L'engin démarra et se mit tout de suite à sauter et à cahoter sur les aspérités d'un mauvais chemin de terre. Joam et Buf furent jetés l'un contre l'autre.

– Mon vieux, chuchota Buf, on est deux contre deux. J'espère qu'ils ne sont pas armés.

– Ils ont juste des couteaux, dit Joam. Mais des grands.

En chemise – on leur avait aussi volé leurs pull-overs – ils grelottaient. Ils se serrèrent l'un contre l'autre sous la bâche qui sentait le fumier. Joam cherchait des ruses. Mais la seule qu'il connût et pratiquât couramment – la fuite – était pour l'heure une solution insuffisante et lâche. On n'avait pas le droit d'abandonner les autres. « Que ferait le Cageot à ma place ? » se demandait Joam. Dans le silence de son esprit, une voix rigolarde surgit, celle du Cageot qui, à la question posée, donnait cette réponse absurde : « Le Cageot volerait la bâche qui sent le fumier pour s'en faire une cape de conquistador. La bâche, répéta le Cageot. Moi, c'est la bâche qui m'intéresse. »

– La bâche, murmura Joam. Oh, ça pourrait marcher. Écoute, Buf...

Chapitre sept

Le camion ralentissait. Buf et Joam s'étaient allongés chacun le long d'une ridelle et attendaient, tenant la bâche à pleines mains. Ils étaient couchés sur le flanc en chien de fusil, une jambe étendue, l'autre repliée sous eux, prêts à bondir. Entre eux deux, Genia, Carle et Silvio, entassés pêle-mêle, ronflaient comme des bienheureux.

Le camion s'arrêta. On entendit tout à coup de grands coups de vent et le hululement d'une chouette. La nuit sentait l'eau, la vase, et les herbes d'étang. Lisa et Raimon descendirent. Les portières claquèrent. Ils échangèrent quelques propos à voix basse, puis, passant derrière le véhicule, entreprirent de déverrouiller le hayon. On vit leurs ombres brusquement – Raimon assez petit, coiffé d'un chapeau défoncé, Lisa plus grande que lui, tous cheveux au vent –, dansant d'un pied sur l'autre devant la lumière d'une grosse lampe à batterie qu'ils avaient posée dans l'herbe. Ils semblaient ne pas avoir le cœur à l'ouvrage.

– J'aime pas trop ce qu'on fait, dit Raimon. Papa, des fois, il exagère. On aurait bien pu les laisser filer.

– Papa sait ce qu'il fait, répliqua Lisa. Et après une pause, elle ajouta sur un ton presque tendre : Il me donnera la petite fouine. Il l'a promis.

Raimon grogna.

– Bon. On va commencer par les foutre en bas du camion.

On entendait le bruit de l'étang, un murmure de roseaux, des froissements, le clapotis de l'eau sur les pierres. Du fin fond de la nuit venait l'odeur du marécage. Raimon empoigna les pieds de Silvio, Lisa prit Carle par les épaules.

– Chéri, dit-elle.

A ce moment, Buf et Joam bondirent comme des diables, les coiffèrent de la bâche et les renversèrent. Il y eut sur le sol une lutte sournoise et désordonnée. Raimon essayait de se relever. C'était une jolie petite boule de nerfs. Mais Buf le frappait au visage à grands coups de poing, à travers la toile. Quand il sentit que l'autre faiblissait, il accéléra la correction pour en finir une fois pour toutes.

Cependant, Joam n'arrivait pas à immobiliser Lisa. Elle s'était dégagée de la bâche et s'était relevée. Elle s'enfuyait.

– Hé ! cria Buf qui venait de lâcher Raimon.

Il ramassa la lourde lampe électrique, la lança, atteignit la fille entre les épaules. Elle tomba.

Joam se relevait péniblement.

– Qu'est-ce qu'on va faire d'eux ? demanda-t-il.

Buf avait déjà rattrapé Lisa et, l'empoignant par les cheveux, il l'assomma d'une manchette.

– Je les tuerais aussi bien, dit-il.

– Tu pourrais faire ça ? demanda Joam.

– Je ne sais pas, dit Buf.

Ils les dépouillèrent de leurs vestes, et se contentèrent de les attacher avec du fil de fer trouvé dans le camion. Puis Buf s'installa au volant.

– En voilà un vieux clou, dit-il, j'espère que je vais m'en tirer.

C'était un petit cinq tonnes de trente ans d'âge au moins, mais qui tournait encore rond. On avait dû le bichonner. Buf marmonnait :

– Au poil ! Ce clou est au poil ! Moteur à régime lent, six vitesses, à tous les coups un vieux broussard prévu pour circuler dans les déserts du Nord. Le réservoir est aux trois quarts plein, on devrait pouvoir mettre un peu d'espace entre nous et les fous de la bande à Papa.

Devant eux, l'étang luisait comme une plaque de fer. Buf ralluma les phares et fit volter le camion dans la boue des berges. Ils roulèrent pendant une centaine de mètres, puis le sentier déboucha dans une clairière assez vaste, où les phares débusquèrent les départs un peu confus d'une bonne demi-douzaine de chemins forestiers. Buf freina. Joam sauta à terre, et on le vit fureter comme un chien de chasse à l'entrée des allées. A la lueur conjuguée de sa torche et des phares, il inspectait le terrain et scrutait les ornières.

– Alors ? demanda Buf en ouvrant sa portière.

– Nous sommes arrivés par là, dit Joam, désignant un layon passablement défoncé. Les traces de pneus sont toutes fraîches.

Aussi bien, il ne s'agissait pas de retourner sottement sur ses pas et de tomber en plein dans le camp de Papa.

Joam remonta dans le camion en boutonnant fébrilement la parka qu'il avait prise à Raimon. La nuit était glaciale. Ils s'engagèrent au hasard dans l'allée qui leur semblait la plus large. Elle sinua longtemps à travers d'inextricables taillis de houx. On n'en voyait pas la fin, et ils commençaient à perdre espoir quand ils arrivèrent à l'intersection d'une petite route goudronnée. Il fallut s'arrêter de nouveau, éteindre les phares, descendre, observer les étoiles. Selon Joam, en prenant à gauche, on allait vers le sud, il n'y avait pas d'erreur possible.

En sortant de la forêt, ils aperçurent la chaîne des Ombres à leur gauche, fidèle au poste, parallèle à la route, juste telle qu'elle était quand ils cheminaient sur l'ancienne piste égipane. Les grands glaciers brillaient dans la nuit.

– Tu avais raison, Joam, dit Buf. On est dans la bonne direction.

Il était content que Joam ait su lire les étoiles. Exultants, ils se serrèrent la main, se tapèrent sur l'épaule, firent mille simagrées.

Joam fouillait l'habitacle du camion. Dans le vide-poches, il trouva une carte, des jumelles, une machette, une clé à griffes. La route courait, très droite, crevée par endroits de fondrières énormes. Un cerf passa soudain dans les phares, et, un peu plus tard, ce fut un petit sanglier doré, puis un renard, puis une troupe de cigognes blanches. Le vent faisait claquer la bâche du camion. Derrière les sièges, poursuivant ses explorations, Joam avait dégotté un sac de jute plein de provisions qui contenait du sucre, de la farine de maïs, un saucisson grossier, plusieurs bouteilles d'alcool. Lorsque l'aube pointa et que, derrière la chaîne des Ombres, le ciel se délaya de lueurs d'aquarelle, ils avaient parcouru près de trois cent cinquante kilomètres.

Buf conduisait sans mollir. C'était un roc. Joam regrettait tout haut de ne pas savoir tenir un volant. Mais Buf haussait les épaules.

– Je ne suis pas fatigué, disait-il. Ça m'amuse.

Ils avaient dévoré toutes les provisions. Le saucisson d'abord, puis la farine mélangée au sucre. En mangeant, ils avaient évoqué « le tas de cochons à l'arrière » qui ronflaient toujours sous leur bâche. Eux au moins avaient le ventre plein.

– Quand même, je regrette l'antilope, disait Buf.

Le camion cependant avait des ratés inquiétants.

– Plus d'essence, dit Buf. Je me demande où on est.

Autour d'eux, le paysage avait l'air plat, mais, droit devant, dans les brumes de l'horizon, on distinguait des boursouflements bleus qui pouvaient être des collines.

– J'aimerais bien qu'on puisse planquer le camion, dit Buf.

Il l'engagea assez rudement dans un chemin creux qui partait à main gauche. Le camion courut sur son erre pendant quelques centaines de mètres, et s'arrêta définitivement comme on arrivait sous le couvert d'une très belle allée de hêtres. Buf et Joam mirent pied à terre, un peu étourdis. Ils s'étirèrent, bâillèrent, frissonnèrent longuement dans le vent glacé de l'aube.

Chapitre huit

Ils tombèrent presque à l'improviste sur une maison cachée dans les arbres au bout de l'allée.

C'était une petite bâtisse en bois entourée d'une galerie couverte. Elle semblait abandonnée. La porte béait, serrure arrachée. Des guenilles traînaient sur le seuil. Buf et Joam échangèrent un regard inquiet et entrèrent.

Ils découvrirent avec stupéfaction que la maison avait été dévastée. On avait consciencieusement réduit en miettes tout ce qu'elle contenait. Le mobilier était en mille morceaux. Des débris de vaisselle jonchaient le plancher, avec des vêtements déchirés, des ustensiles de cuisine tordus dans tous les sens, des outils brisés, des cendres éparpillées. Tout ce désastre datait de peu. Le chalet, malgré les dégâts, montrait des boiseries bien entretenues, des fenêtres en bon état, un plafond presque neuf. Pas vraiment rassurés à l'idée que les pillards étaient peut-être encore dans les parages, Buf et Joam sortirent par la porte de derrière.

Quelques hangars et une bergerie métallique toute neuve entouraient une cour poussiéreuse et tapissée de crottes de mouton. En approchant des bâtiments, ils entendirent des pas, un souffle étrange. Quelqu'un marchait à l'intérieur de la plus grande des remises. Ils étaient déjà prêts à filer à tous les diables quand le quelqu'un en question pointa son museau dans la cour. C'était un mouton éclopé, qui se mit à bêler lamentablement en apercevant les deux hommes.

On lui avait coupé les pieds de devant. Il se traînait sur ses moignons noircis, ridicule et pitoyable. De temps en temps, il interrompait sa plainte pour arracher machinalement quelques brins d'herbe aux maigres pelouses de la cour. Buf et Joam, secoués, rentrèrent dans la maison.

Une sueur froide leur glaçait la poitrine. Jusque-là, le coup d'État et son cortège d'atrocités n'avaient été que des mots qu'ils faisaient sonner comme des enfants qui jouent à se faire peur ; ils avaient souvent évoqué les horreurs dont ils avaient entendu parler, les rebelles écrasés par les tanks à Voluntia, les prisonnières entassées dans les silos à la frontière, et ils s'étaient indignés en toute bonne foi, avec un agréable frisson d'excitation et la certitude d'être à l'abri. Mais ces horreurs restaient abstraites : à leur connaissance, aucun de ceux qu'ils aimaient n'avait eu à en souffrir. Et voilà que, brusquement, tout le malheur du monde venait à leur rencontre, clopinant sur des moignons ensanglantés. Il avait une pauvre voix bêlante et des yeux sans haine, des yeux qui n'accusaient personne et qui regardaient simplement, par-delà les apparences, l'âme triste du monde.

– Je reviens, déclara Buf.

Joam l'entendit courir sur la galerie extérieure, puis vomir par saccades au coin de la maison. Tout pâle, il essayait de réprimer ses propres nausées quand la voix de son père résonna à ses oreilles. « C'est comme ça, disait le Cageot. L'univers est bâti sur la haine. Tu n'y peux rien, à moins de devenir le roi des oropaldes. »

– Mais qu'est-ce que ça veut dire ? cria Joam.

Buf qui revenait le regarda, surpris.

– Qu'est-ce que tu racontes ?

– Rien, dit Joam. On devrait s'en aller. Je n'aime pas cet endroit.

– On n'a pas le choix, répliqua Buf. Tu sais

bien qu'on n'a plus d'essence. Il faut attendre que les autres se réveillent. Après, on verra.

Ils descendirent leurs copains du camion, les installèrent dans un coin de la maison dont ils avaient vaguement déblayé le plancher. Il faisait un froid de canard, mais il n'était pas question de faire du feu. Rien ne trahit une présence plus sûrement que la fumée. Joam alla chercher la bâche et recouvrit les trois dormeurs.

Le jour se leva pour de bon. Le ciel, néanmoins, restait gris et sale, et le soleil avait du mal à percer sous le couvercle épais des nuages. Buf et Joam exploraient les abords de la ferme. Le soleil voilé éclaira finalement de vastes solitudes plates et foisonnantes de roseaux. On se trouvait au milieu des marécages. Le mouton amputé clopinait sur leurs talons. Ils essayaient de le chasser. Il revenait à la charge avec insistance, plaintif, obstiné, lamentable.

Vers dix heures du matin, avec un bel ensemble, Carle, Genia et Silvio s'éveillèrent pour de bon. Ce fut tout un tralala pour leur faire comprendre où ils étaient, ce qui s'était passé, les tenants et aboutissants de l'histoire, et comment ils avaient de très peu échappé à la mort. Ils se sentaient hébétés, abrutis, nauséeux. Puis ils se mirent à grelotter, réclamèrent leurs blousons et, avec acrimonie, de la nourriture, n'importe quoi à manger, quelque chose de chaud. Buf les envoya aux pelotes. Joam se mit à tailler des ponchos dans la bâche.

Il avait dégotté aussi, dans un placard de la baraque, toute une collection de vêtements féminins qui avaient échappé à la fureur des pillards. Ils avaient tous si froid qu'aucun d'eux ne protesta quand Joam proposa de s'affubler de ces défroques. Tout le monde se retrouva vêtu à la même enseigne, d'amples jupes de laine noire, vert bouteille ou violette. Ils découvrirent aussi un assortiment de fichus multicolores, et chacun put gentiment s'en nouer un sur la tête.

La journée fut lugubre. On mangea quelques pommes aigres ramassées dans un verger en friche à l'orée des marécages. On parlait peu. On attendait, sans trop savoir quoi. On évitait en tout cas soigneusement de parler des événements de la veille, du camp de Papa, de la traîtrise de Lisa, de la sottise de Carle. Tout le monde y pensait, mais personne n'osait engager le débat. Au reste, il n'y avait pas de commentaires à faire sur la situation : elle était à peu près désespérée.

Buf croyait qu'il restait des vivres dans le camion, mais ils avaient tout mangé sur la route, Joam et lui. Il ne trouva que les bouteilles d'alcool, auxquelles ni l'un ni l'autre n'avaient touché. Il les rapporta tristement. Elles passèrent de main en main.

Soûlés d'alcool, d'angoisse, de fatigue, de misère, ils somnolèrent le restant de la journée, s'endormirent comme des brutes lorsque la nuit tomba, et, à l'aube du lendemain, Joam fut éveillé en sursaut par les cris du mouton qui, ayant rôdé sans bruit toute la nuit dans la cour, se mettait tout à coup à japper quasiment comme un chien en alarme. Sorti tout affolé sur le pas de la porte, Joam entendit, dans le silence du petit jour, un grondement sur la nature duquel on ne pouvait se tromper. Il courut jusqu'à l'allée de hêtres, s'embusqua.

Une longue file de camions arrivait lentement du nord sur la petite route goudronnée.

Joam eut juste le temps de réveiller les autres. Déjà, les camions, roulant au pas, s'engageaient dans le chemin qui menait à la ferme. Alors, à peine réveillés, épuisés, affamés, malades de peur, toujours vêtus de leurs habits de femme et, par-dessus, des ponchos qu'avait taillés Joam, le mouton éclopé toujours sur leurs talons, ils s'enfuirent à travers les marécages pour essayer de gagner la montagne des Ombres.

Chapitre neuf

Span Fandango s'approchait des deux soldats en faction sur le bord du lac en mesurant le moindre de ses pas. La lune l'éclairait en plein et, au moindre bruit qu'il ferait sur ce terrain découvert, pan ! c'était fini, on le tirerait comme un lièvre. De temps en temps, il s'immobilisait, inquiet d'un roseau qu'il avait écrasé, et prenait une pose de héron en alarme. Mais là-bas, à dix mètres de lui, les deux soldats, visiblement, n'avaient rien entendu. L'arme à la bretelle, engoncés dans leurs vêtements de pluie, ils regardaient le lac en devisant paisiblement.

C'était un gros massif et un autre moins gros. Ils discutaient boulot.

– Quand c'est qu'on les égorge ? demandait le massif.

– Demain matin, répondait l'autre moins gros.

Ils parlaient des prisonniers qu'on avait attachés tout autour du lac, aux barrières qui servent d'habitude à étendre les peaux de mouton. Les militaires avaient inventé pour leurs captifs une cérémonie qu'ils appelaient le « baptême rouge » : on prenait les types un par un, on les faisait s'agenouiller sur le bord du lac et on leur ouvrait la gorge. Ensuite, on les jetait à la baille, et c'était bien plaisant de voir le sang se répandre dans l'eau. La veille, plus de deux cent cinquante avaient été exécutés de cette façon. Les deux sentinelles disaient que le spectacle en valait la peine. A force, le lac devenait rouge.

– Bougres de salauds ! grogna Span Fandango.

Il bondit brusquement et assomma les deux salauds, chacun d'un coup de bâton derrière la tête. Les sentinelles n'avaient pas poussé un cri.

Span Fandango se pencha, les tâta au cou, cherchant le sang qui doit battre dans la veine jugulaire. Il avait peur, brusquement, d'avoir tapé trop fort. Aucun Égipan n'avait jamais tué personne. Ce n'est sûrement pas lui qui allait commencer.

Mais les sentinelles avaient la tête dure. Rassuré, Span Fandango prit leurs fusils et les jeta dans le lac. Puis il entra dans les enclos.

Il courut le long des barrières et, avec son couteau, il tranchait les liens des prisonniers, les pressant :

– Du large, de l'air, on se sauve, vite, vite, vite !

Les malheureux, ligotés depuis des heures, ne savaient pas quoi faire de leurs mains engourdies. Ils les cognaient contre leurs cuisses, désespérément, pour que le sang revienne et qu'elles se raniment. Et ils demandaient à Span Fandango :

– Qui es-tu ? Pourquoi nous délivres-tu ?

– Foutez le camp ! répondait Span Fandango.

Le dernier qu'il délivra s'accrochait à lui, l'étreignait si fort qu'il fallut le repousser d'une bourrade un peu brusque.

– Qui es-tu ? disait le malheureux. Ô mon frère, ton nom, qui es-tu ?

– Je suis le dernier des Égipans, ricana Span Fandango.

Et, sautant dans le marécage, il disparut.

Il courait en direction de la chaîne des Ombres, dont les hauts glaciers dans la nuit jetaient des lueurs vertes. Un nuage passa devant la lune. La pluie recommençait. Une petite bruine suinta dans la nuit. « J'aime ce temps », se dit Span Fandango. Il aurait volontiers dansé sur le bord de l'étang.

Mais, tout à coup, des phares s'allumèrent sur l'autre rive. Un clairon sonna, des coups de feu éclatèrent. L'alerte était donnée. La fusillade se précisa. Il y eut des rafales d'armes automatiques.

– Holà ! holà ! dit Span Fandango. (Il ajouta :) Hop, hop, hop.

Il était capable de courir toute la nuit.

Il traversa les marécages comme un funambule, sur la corde raide d'une chaussée de cailloux à peine large comme deux travers de main.

– Ô mes ancêtres ! dit-il. Comme je vous remercie d'avoir édifié cette digue !

Une heure plus tard, il arrivait à l'entrée d'une petite vallée glaciaire qui s'enfonçait transversalement dans le flanc de la chaîne des Ombres. C'était son refuge habituel, quand il en avait assez de courir par monts et par vaux. Span Fandango vit avec plaisir que toutes les merveilles ordinaires étaient à leur place. Le torrent qui descend du cirque de Sainte-Marie bondissait en crépitant sur son lit de petits cailloux. Sous la lune, les belles pelouses au bord de l'eau brillaient comme des soieries blanches.

Span Fandango galopa au travers d'un épandage de pierrailles, traversa le torrent en frémissant au contact de l'eau glaciale.

Parvenu sur la rive droite, il escalada lestement les talus et se hissa sans reprendre haleine jusqu'à l'abri des premiers sapins. La piste qui mène au cimetière des Égipans installait son ruban feutré sur la lisière du bois. Span Fandango souffla posément, écouta la nuit, respira l'odeur des arbres. La vallée frémissait doucement sous la pluie. En bas, le torrent faisait sonner ses cailloux. Span Fandango pouvait l'apercevoir, cavalcadant comme un peloton de béliers blancs. Vers l'est, du côté du cirque, les glaciers chantaient dans la nuit.

L'aube se levait tout juste quand Span Fandango toucha le seuil d'un long plateau d'herbe rase. A son extrémité, on apercevait une petite colline entourée d'une couronne de sassafras géants, qui faisaient dans le vent un bruit de cataracte. Span Fandango partit au pas de course à travers le plateau. L'herbe était un feutre revêche, couleur de corde, à peine humide malgré les pluies de la nuit. Span Fandango se sentait tout heureux de rentrer au bercail. Il se réjouissait à la pensée qu'il allait dormir, boire à la petite source et déjeuner plus tard de quelques truites pêchées dans un ruisseau des alentours. Et il arrivait au milieu du plateau quand il s'arrêta soudain, les sens en alarme. Quelque chose ne tournait pas rond. Il y avait des odeurs inhabituelles dans l'air, et des ondes qui dérangeaient le calme et l'ordre du matin.

« Ma parole, se dit-il, je sens comme une fumée... »

Pendant quelques instants, il contempla la colline et il crut entendre des voix dans le vent.

– Oh ! oh ! dit Span Fandango. Il y a des hommes quelque part. Et je parie qu'ils sont installés dans le cimetière des Égipans.

Span Fandango balança un instant s'il fuirait sans demander son reste, ou s'il irait voir de près la tête des visiteurs. La curiosité l'emporta. Il rebroussa chemin, rentra dans le sous-bois, descendit dans un ravin étroit et tortueux, qui ressemblait à un corridor de couleuvres. Après avoir traversé des vasières, des maquis et des taillis de bambous énormes, il déboucha dans une combe un peu élargie d'où partaient plusieurs boyaux encombrés de broussailles. Il s'engagea sans hésiter dans le labyrinthe, franchit des ruisseaux, des enchevêtrements d'arbres morts, et se retrouva une demi-heure plus tard sur les arrières de la colline, dans un océan de feuilles jaunes que l'automne arrachait aux grands sassafras.

Un sanglier qui dormait dans une alcôve de roseaux ne se dérangea même pas quand il passa près de lui, leste et allègre comme un faune.

Span Fandango grimpait déjà la pente de la colline. Il caracolait joyeusement. En haut, le cimetière lui apparut, avec ses tombes semblables à des igloos de pierre. Les anciens Égipans muraient leurs morts dans des œufs minéraux. On asseyait le mort, cousu ou ficelé dans un sac en peaux de phoque (il avait au cou un sachet contenant un morceau de son cordon ombilical), puis on bâtissait autour de lui la coque du sépulcre. Span Fandango se coula derrière les arbres, rampa jusqu'aux tombes, se cacha derrière un igloo à moitié écroulé.

On voyait le mort à l'intérieur, une momie boucanée, couleur de hareng saur, avec une couronne de perles sur la tête et des bracelets d'or aux poignets. Mais Span Fandango ne s'intéressait pas aux morts. Il regardait les étrangers.

Les étrangers étaient là, tout près, à quelques mètres de lui. Ils avaient dressé leur camp sur la placette au milieu du cimetière et installé entre deux flaques un feu de bois humide qui faisait peu de flammes et une fumée du diable.

Span Fandango ricana tout bas. Les étrangers n'avaient pas l'air bien terribles. Ils ne tiendraient pas deux minutes devant les coups de botte dont il allait les gratifier.

C'était tout bonnement une bande de gamins. Et quels gamins, grands dieux ! Sales, en haillons, couverts de boue. On n'aurait pas donné de leur peau la valeur d'une patte de grenouille. Visiblement, leur troupe était en débandade, et personne n'avait plus le courage de rien. Chacun essayait de tirer son épingle du jeu. Un de ces malheureux, qui avait les joues noires de barbe, était assis à l'écart, comme en quarantaine. Il levait fréquemment la tête vers le ciel. Il paraissait désespéré. Deux autres dormaient, enveloppés dans une bâche grossière. Assis en tailleur près du feu, un grand costaud et un petit maigrichon discutaient en aparté et semblaient peu concernés par le destin de leurs compagnons.

Span Fandango décida que ces deux-là l'intéressaient. En les observant attentivement, il s'aperçut qu'une bête était couchée entre eux deux, étroitement couchée dans le berceau qu'ils lui faisaient, avec chacun sa hanche et sa cuisse. « Qu'est-ce que c'est que cette bête ? » se disait Span Fandango, et la bête à ce moment releva la tête et huma le vent. C'était un mouton. Span Fandango fut épaté.

Un mouton ! Cela lui plut tout de suite. Ce qui lui plut encore davantage, c'est que le costaud et le maigrichon, se penchant presque en même temps, caressaient tendrement la tête de leur bestiau et lui murmuraient toutes sortes de paroles réconfortantes. « Oh, qu'il était brave le mouton, oh, que c'était un bon mouton, oh, le cher mouton, oh... »

S'il n'y avait pas eu le mouton, sans doute qu'il se serait dressé, lui, Span Fandango, tout à coup comme un diable, et qu'il aurait chassé tout le monde en deux temps trois mouvements. Mais le mouton le portait à la mansuétude. « Tâchons d'en savoir plus », se dit-il.

Se tortillant avec habileté entre les casemates, il s'approcha aussi près que possible du costaud et du maigrichon. Un des tombeaux était à moitié écroulé. Le mort avait roulé dehors, et la place était libre. Span Fandango enjamba la momie et entra dans la tombe. De cet endroit, on entendait parfaitement ce que disaient les étrangers. Il les écoutait de sa plus longue oreille.

– Quand je pense, disait Buf à Joam, qu'autrefois je te prenais pour un pauvre type...

Joam écoutait attentivement et, des deux mains, frictionnait ses cheveux mouillés.

– ... un pauvre type, disait Buf. On te prenait tous pour un pauvre type.

– Ça va, ça va, dit Joam.

– N'empêche que sans toi, on ne serait jamais sorti des marécages.

– N'oublie pas, dit Joam, que c'est le mouton qui nous a montré le chemin de la vallée.

– Sans doute. Mais toi, tu nous as donné du courage.

Pendant la discussion, le mouton, alternativement, posait la tête sur les genoux du costaud, puis sur ceux du maigrichon.

– Pauvre mouton ! dit Buf. Il va pourtant falloir qu'on...

Il s'interrompit et, de la main, encore, flatta la tête de l'animal. Span Fandango trouvait la scène émouvante et s'intéressait de plus en plus vivement aux deux jeunes gens, dont il n'était séparé que par l'épaisseur d'une tombe. Il aurait voulu qu'ils parlent encore, mais Joam et Buf se turent tout d'un coup. Ils avaient levé la tête pour regarder passer un grand vol d'oropaldes. Le ciel de perle sentait l'hiver. Les oiseaux géants jouaient avec le vent. Buf reprit la parole.

– Quand tu vois ces oiseaux, tu te demandes s'ils n'ont pas trouvé quelque chose que les hommes se tuent à chercher...

– Tu veux dire... ? demanda Joam.

– Je ne sais pas, dit Buf.

– Je me souviens, dit Joam, d'une fois, j'étais petit – huit ou neuf ans – et j'avais été très malade. Je restais au lit. J'avais du mal à me tenir debout. Il y avait une vieille qui venait de temps en temps m'apporter de la soupe. Mon père, celui qu'on appelait le

Cageot, ne bougeait plus de la maison, ça ne lui ressemblait guère. Il se rongeait les sangs. Un soir, pourtant, il est sorti sans que je m'en rende compte. Je dormais quand il est rentré, et ce qui m'a réveillé, c'est le froid que dégageait sa vieille canadienne tout humide de bruine. Le Cageot était assis sur mon lit. Il m'a tendu un paquet. Un cadeau ! Dedans, il y avait une de ces couronnes que fabriquent les Égipans, dans leurs réserves des terres australes. Une couronne de roseaux tressés, avec, pour décorer, de grandes plumes d'oropaldes et des roses en sucre. J'ai su plus tard que ça valait très cher, les « couronnes d'oropaldes ». C'est un bibelot de luxe pour touristes américains. Où le Cageot avait-il pris l'argent ? Mystère. Mais je crois qu'il avait vendu sa montre, son chapeau dont il était fier, et plusieurs bouteilles d'alcool qu'il gardait en réserve. Toujours est-il qu'il m'a mis la couronne sur la tête et il a dit, avec ce ton grandiloquent qu'il prenait pour faire ses discours au coin des places : « A partir d'aujourd'hui, Joam, te voilà roi. Roi de quoi ? Roi de toi-même. Écoute, Joam, c'est important. Nous avons tous quelque chose de royal en nous-mêmes. Le difficile, c'est de le trouver. Il faut se laisser guider par toutes sortes de choses secrètes. Le chemin est long. On porte longtemps à bout de bras ce qui un jour nous couronnera. » Le Cageot adorait les grands mots. Il m'a répété cinq ou six fois : « Chacun porte à bout de bras ce qui le couronnera. » Je me suis endormi et j'ai rêvé longtemps.

– Et qu'est-ce qu'elle est devenue, la couronne, demanda Buf.

– A l'orphelinat, ils me l'ont prise.

Il y eut un silence qui dura de longues minutes.

– Maintenant, dit Joam, nous devons tuer le mouton. Mais avant, il faut que je lui parle.

Le mouton avait relevé la tête. Il regardait Joam, puis il regardait Buf.

– Écoute, mouton, dit Joam. Écoute : Silvio est très malade, et Genia n'a plus la force de rien. Silvio peut s'en tirer, mais il faudrait qu'il mange. Nous avons tous besoin de manger, mouton.

Joam parla longtemps et, quand il se tut, on entendit le mouton bêler d'une voix très douce. « Il répond, songea Span Fandango. Il dit qu'il est prêt. »

Joam et Buf s'étaient levés, mal assurés sur leurs jambes et tout grelottants dans leurs vêtements mouillés. Joam avait ramassé un gourdin, Buf ouvrait son couteau. Le mouton n'avait pas bougé. Il s'était couché sur le flanc, il fermait les yeux.

Il avait traversé le marécage avec les autres. Sa toison était tout encroûtée de boue. Alors seulement, Span Fandango s'aperçut que l'animal avait les pieds de devant coupés.

– Ne tuez pas ce mouton ! cria Span Fandango.

Chapitre dix

Une semaine plus tard, ils s'accordaient tous pour trouver providentielle leur rencontre avec Span Fandango.

Lorsqu'ils parlaient de lui, c'était pour faire chorus et admettre que sans son intervention, ils seraient à l'heure actuelle morts de faim, de froid ou de fatigue. Ils avaient l'impression de le connaître depuis toujours, et pourtant cet homme ne ressemblait à personne qu'ils eussent rencontré.

C'était une espèce de vieux colosse, dont le visage avait été brûlé au jus d'innombrables soleils. Mais il avait gardé une carrure athlétique, et tout son être respirait l'agilité, l'aisance, et on ne savait trop quelle jeunesse et quelle santé coriace. Il était frétillant. Il allait et venait sans cesse, droit et souple comme un jeune bouleau, les pieds, aurait-on dit, touchant à peine le sol. Quelle que soit la cadence de sa marche, qu'il se précipite en avant ou qu'il modère son allure, il avait toujours l'air de danser. Sa démarche était légère, si élastique qu'aucun bruit n'annonçait qu'il s'approchait de vous. Il vous surprenait toujours. Il était là, tout à coup, à vos côtés, svelte et nerveux, se frottant les mains, préoccupé d'une idée, d'un désir ou d'un rêve. Il posait sur vous l'œil plein d'innocence et de curiosité d'un chevreuil adolescent.

Son œil était splendide. Il était roux. A-t-on déjà vu une chose pareille ? Il y avait de l'or et du feu dans cet œil. Il semblait avoir piégé les reflets d'une éruption volcanique.

Dans ses vêtements de laine multicolore, avec son bonnet de cuir orné de plumes d'oropaldes, Span Fandango ressemblait à un lutin de l'inquiétude.

Il se donnait pour un de ces marchands ambulants, les *marchefleurs* comme on les appelle, qui voyagent à travers tout le continent, colportant des bricoles, des remèdes et de petits bijoux. Ils ont plus d'un tour dans leur sac, sont aussi guérisseurs, herboristes, tireurs de sorts. Aucun obstacle, aucune frontière ne les arrête. On les trouve aussi bien dans les villes de la côte que sur les hauts plateaux de la chaîne des Ombres. Au cours de leurs randonnées, ils recueillent les racines, les feuilles, les minéraux, les résines qui leur serviront à confectionner toutes sortes de remèdes. Ils vendent des amulettes, sculptent des ex-voto et peignent sur commande des cadrans solaires au fronton des églises.

Grâce aux drogues de Span Fandango, Silvio, en un rien de temps, avait été tiré d'affaire. Il se rétablissait comme par miracle. Et pourtant, il avait bien failli mourir d'une pneumonie aiguë. Span Fandango l'avait frictionné pendant des heures avec une espèce de térébenthine. Puis il s'était mis en devoir de préparer une tisane infernale, où il mêlait trente-six sortes d'herbes, des morceaux d'hématite, des éclats d'obsidienne et les cendres de trois bois différents. L'extravagant bouillon avait fait merveille, et Silvio, depuis, en redemandait, en avalait des litres.

Dans le même temps, sous la férule du marchefleur, toute la petite équipe reprenait du poil de la bête. Ils mangeaient. Ils auraient mangé le diable, disaient-ils. La nourriture abondait d'un seul coup. On n'avait pas eu besoin de tuer le mouton. Les ruisseaux autour du plateau étaient riches en truites, et Span Fandango leur montra comment on endort les poissons avec des boulettes pétries dans le suc des plantes enivrantes. On pouvait récolter du cresson, des plantes à tisane, et toutes sortes de baies dans des endroits qu'il fallait connaître. Span Fandango leur montra, sur les branches des mélèzes, un lichen à mâcher pour prévenir les rhumes. On allait déterrer d'excellents tubercules qui se plaisaient dans les terrains meubles et frais du vallon derrière la colline.

Ils étaient aux anges.

Ils croyaient, comme tout le monde, que les Égipans avaient disparu depuis belle lurette, et brusquement ils en avaient un devant les yeux, en chair et en os. Ils contemplaient, émerveillés, un des derniers représentants de ce peuple pacifique dont les tribus, jadis, étaient éparpillées sur toute la surface du continent. Poètes, astrologues, dresseurs de stèles, constructeurs de routes, les Égipans méprisaient la guerre et se faisaient une loi de ne tuer personne. A l'arrivée des envahisseurs venus du Vieux Monde, ils avaient refusé de se battre et s'étaient retirés dans les bois. Ils y étaient restés quelques siècles, en forestiers hautains et inassimilables. Délogés finalement de leurs refuges, refoulés jusqu'aux terres australes, ils n'étaient plus (d'après Span Fandango) qu'une poignée qui vivait chichement, pêcheurs de moules, chercheurs d'épaves, chasseurs de loutres, coupeurs de bois.

Certains élevaient des autruches ou des oies ; d'autres, pour le compte des grands propriétaires, faisaient la chasse aux lapins qui ravagent les plaines. Span Fandango préférait vivre seul et courir les routes. Il disait :

– On trouve de tout sur la route, surtout ce qu'on n'y cherche pas.

Span Fandango savait pertinemment qu'une junte insurrectionnelle avait pris le pouvoir à Voluntia un mois plus tôt. Il n'aimait pas les dictatures, mais pour lui, tous les gouvernements se valaient, qu'ils fussent de droite, de gauche, militaires ou civils. C'est bien toujours la même politique, on se voile la face devant les bidonvilles et on fait son possible pour que les sauvages disparaissent et que les rebelles rentrent dans le rang.

– Encore quelques années, disait Span Fandango, et il n'y aura plus dans le pays ni Égipans ni marchefleurs.

Cette façon de mettre tous les régimes politiques dans le même sac scandalisait Buf. Le grand Épigan leur inspirait pourtant à tous une telle confiance qu'ils n'avaient pas hésité à se présenter sous leurs vrais noms et à ne rien cacher des raisons qu'ils avaient de fuir le nouveau pouvoir militaire. Désireux d'impressionner Span Fandango, Buf en avait même rajouté, laissant entendre que leurs têtes étaient sans doute mises à prix parce que leurs parents étaient des pontes du parti libéral.

– Oh, oh ! fit Span Fandango. Je vois que je suis tombé sur une couvée sortie de la cuisse de Jupiter. Si j'avais su, j'aurais mis deux chapeaux.

Ils racontèrent en long, en large et en travers leurs tribulations à Span Fandango.

L'Égipan se moquait d'eux. La bienveillance était inconnue à ce grand lutin sarcastique. Il riait beaucoup en apprenant qu'à un moment, ils avaient dû se vêtir de frusques féminines. On avait tout perdu, jupes, fichus, caracos, dans la traversée des marécages, mais il restait une robe en haillons, que Span Fandango examina avec beaucoup d'amusement.

Il disait qu'il fallait être particulièrement borné pour s'être laissé prendre aux manigances de la nommée Lisa. Il connaissait bien la bande à Papa. Ces petits ruffians pillaient les tombes égipanes. Ils jouaient aussi les bandits de grands chemins, s'attaquaient aux marchefleurs et aux fermiers isolés, aux bûcherons, aux mineurs, aux bergers de la transhumance. Une ou deux fois, il avait eu affaire à eux. Pour endormir leurs victimes, ils utilisaient des somnifères à usage vétérinaire.

– J'aurais bien voulu vous voir, dit-il, déguisés en bonnes femmes.

Il accordait une grande importance au costume.

– Déguisons-nous, disait-il, déguisons-nous.

Dès les premiers jours, il s'était occupé de vêtir la petite équipe. Il avait toutes sortes de trésors dissimulés dans les tombes de la nécropole égipane. Il exhiba des costumes somptueux : capuchons en plumes d'oropaldes, manteaux de cuir ornés d'écussons, de houppes, de petits masques en jade, de fleurs artificielles.

– Des trucs, disait Span Fandango, que j'ai trouvés dans les tombes des ancêtres. Des trucs qui auraient dû servir à habiller les morts. Leurs vêtements de rechange, quoi. Mais les morts n'ont pas besoin d'habits. Les morts courent tout nus, dans les forêts salubres.

Les jeunes gens enfilèrent en tremblant ces défroques formidables. Ils avaient l'impression de se glisser dans la peau même des morts. Mais finalement, ils se pavanaient là-dedans, glorieux comme de tout nouveaux petits rois. Span Fandango lui-même, qui craignait l'humidité du crépuscule, circulait dès six heures du soir vêtu d'un poncho de plumes jaunes, et ses gesticulations dans la nuit étaient phosphorescentes.

On avait mis au mouton une petite casaque.

Cela se fit tout naturellement, Span Fandango leur proposa de les conduire de l'autre côté de la montagne, dans le pays voisin.

– La porte à côté, disait-il. Une semaine de marche tout au plus, et sur des chemins assez faciles.

Il faudrait se glisser le long des grands glaciers de Sainte-Marie, mais la passe n'était jamais qu'à dix-huit cents mètres d'altitude, et il n'y avait pas besoin, pour la franchir, de montrer les qualités d'un alpiniste chevronné.

La bande s'était plus ou moins reconstituée sous l'autorité nouvelle de Joam, que Span Fandango traitait de pair à compagnon. Avant qu'on entreprenne de traverser la montagne, Joam exigea des préparatifs méticuleux. Il voulut un itinéraire en bonne et due forme. Span Fandango dessina la carte de la vallée, indiqua les sentiers, les sources, l'emplacement du grand glacier, les séracs, les moraines molles à éviter et enfin, avec précision, les pistes qui menaient à la grande passe de Sainte-Marie.

Il était convenu qu'on partirait le plus tôt possible. Le coin devenait malsain. Chaque jour, des hélicoptères survolaient la vallée. Span Fandango expliqua que l'armée était en train d'installer des camps de prisonniers au beau milieu des marécages. Il se montrait furieux de voir la soldatesque menacer son petit paradis.

Parfois, le matin, des rafales d'armes automatiques éclataient dans le ciel. Ces messieurs, dans leurs engins, chassaient les oropaldes. Ils faisaient peu de mal aux oiseaux et rentraient bredouilles la plupart du temps.

– Si j'étais à leur place, disait Span Fandango, je me méfierais. Les oropaldes n'attaquent pas l'homme, mais il ne faudrait peut-être pas les pousser à bout. Ils ont plus d'un tour dans leur sac, et j'en ai vu un, autrefois, aveugler un sanglier en lui émiettant des mottes de terre sur la hure.

On prépara des provisions pour la route. Span Fandango pêcha des dizaines de poissons. Il les prenait, les vidait, leur coupait la tête, enlevait les entrailles et les ouïes, mais laissait les écailles. Puis :

– Ne les lavez pas, surtout, disait-il à ses élèves. Essuyez soigneusement le sang et séchez-les bien comme il faut à l'intérieur, à l'extérieur.

Le secret, c'était qu'ensuite, on les remplissait d'herbe sèche, on les enveloppait dans de grandes feuilles et on ficelait bien serré. Ainsi préparés, les poissons se conservaient plusieurs jours.

Span Fandango aurait bien voulu que la

pluie recommençât, car les hélicoptères ne volent pas quand le temps est couvert.

La veille du départ, on resta longtemps autour du feu, sirotant les tisanes douces-amères de l'Épigan. Genia, Buf et Silvio étaient nostalgiques. Ils parlaient du passé, évoquaient la vie joyeuse au lycée Marcosias. Carle les écoutait, l'œil noyé, l'air absent. Les trois troubadours ne trouvaient pas de mots assez lyriques pour peindre les splendeurs de Voluntia. C'est une ville pleine de sortilèges. Des vieux quartiers émane une subtile mélancolie. Partout, des maisons mystérieuses, de vieux jardins, des églises ovoïdes, des escaliers étroits, des fontaines, des places pavées de mosaïque multicolore. Sur ces places, les lourds vantaux de bronze des églises, leurs façades sculptées, couvertes de fleurs, de palmes, de personnages, de masques – dans des niches, des sirènes de pierre jouent de la guitare. Et puis, à l'intérieur, les lampes ciselées, les autels d'argent, les chaires aux formes compliquées comme des conques marines et, sur les murailles blanches des bas-côtés, des portraits d'ecclésiastiques encadrés d'invraisemblables cordelières d'or. Pendant l'hiver, Voluntia se voile de brumes. Les maisons de la vieille ville, peintes de couleurs passées, vert d'étang, bleu ciel, rose délavé, violet fané, évoquent les décors d'un rêve. Des cloches sonnent, des processions passent, on entre dans l'église des Miracles illuminée de cierges et remplie d'ex-voto en cire blanche ou en bois. Les statues des grands conquérants ruissellent de bruine sur les places désertes.

Ils auraient pu parler sur ce ton pendant deux ou trois siècles, mais Joam les interrompit.

– Ce que vous racontez là, dit-il, c'est la Voluntia des riches, c'est la vôtre, la seule que vous connaissiez. Je suis bien sûr que vous n'avez jamais mis les pieds dans les mauvais quartiers. Ils sont pourtant poétiques en diable, avec leurs tramways déglingués, leurs baraques de fer-blanc et de boue séchée, leurs tripots en planches où on joue assis sur un vieux lino autour d'une lampe à pétrole. Il y a des ribambelles de petits voleurs qui vont faucher des fruits et de la viande aux étals du marché couvert. On leur lâche les chiens aux trousses. Vous devriez faire un tour là-bas, ça vaut le coup d'œil. Les bidonvilles sont juste sous les pylônes des lignes à haute tension. Les mômes s'amusent avec des cerfs-volants de carton gris qui souvent restent pris dans les câbles.

La diatribe de Joam laissa les autres pantois, presque effrayés. Dans ce garçon dur qui les interpellait avec audace, ils ne reconnaissaient pas l'ancien titulaire de la Cotisation. Span Fandango écoutait, impassible. Buf détourna la conversation en parlant du mouton.

Le mouton avait été soigneusement lavé, peigné, on lui avait attaché au cou une clochette égipane. Buf se demandait si le malheureux estropié pourrait suivre la caravane sur la route de Sainte-Marie. Il n'était pas question de l'abandonner.

Dans un accès d'enthousiasme, tous tombèrent d'accord pour jurer fidélité au mouton. S'il avait du mal à marcher, on organiserait un brancard ou un palanquin. D'ailleurs, plus tard, il y aurait peut-être moyen de lui fabriquer des prothèses.

Pour finir, les uns et les autres faisaient de nombreux projets. Une fois installés dans le pays voisin, on fonderait un club en souvenir des épreuves endurées en commun. On ne s'oublierait pas, on se serrerait les coudes, ce serait à jamais un pour tous, tous pour un.

Tout le monde alla se coucher sur ces bonnes paroles, et à l'aube on découvrit que Carle avait disparu.

Il avait filé pendant la nuit, emportant une douzaine de poissons et sa grande cape égipane. Il ne laissait aucun message.

Le premier moment de surprise passé, force

fut de reconnaître qu'on aurait dû s'attendre à ce qui arrivait. Depuis l'épisode dit « de la bande à Papa », Carle filait un mauvais coton. Il n'avait jamais été question entre eux, du moins ouvertement, de rejeter sur quelqu'un la responsabilité de cette imprudence grossière qui avait failli leur coûter la vie, mais chacun savait à quoi s'en tenir et on s'était bien amusé des sarcasmes de Span Fandango qui, au récit de l'aventure, avait plus ou moins traité Carle de chef à la mie de pain. Carle n'avait plus son mot à dire. Buf le traitait parfois avec commisération, et d'autres fois avec une indifférence brutale. Genia et Silvio, qui avaient laissé des plumes dans l'aventure, manifestaient à son égard une rancune mal dissimulée, et s'écartaient de lui comme d'un pestiféré. Carle rongeait son frein. Et Buf retournait bêtement le couteau dans la plaie, lui demandant à tout bout de champ :

– Tu boudes ?

En attendant, le chef déchu avait disparu, et on était bien en peine de savoir ce qu'il fallait faire : l'abandonner à son sort, ou se mettre à sa recherche ? Ils se tenaient là, tous, dansant d'un pied sur l'autre, quand Span Fandango, qui était allé explorer les alentours, revint tout excité.

– Votre imbécile, dit-il, a tout bonnement

fait machine arrière. J'ai trouvé ses traces sur le plateau et dans la sapinière. Il a sûrement l'intention de redescendre vers les marécages. Vous devez le rattraper avant qu'il ne se soit fait repérer par les hélicoptères.

Lui ne voulait pas se mêler de cette histoire. Il les attendrait au camp en pliant les bagages.

Ils se lancèrent à la poursuite du déserteur.

– Restez toujours sous le couvert des sapinières ! leur cria Span Fandango.

Le mouton, très inquiet, les regarda partir en bêlant désespérément.

Chapitre onze

Les soldats, vêtus de noir depuis les bottes jusqu'à la casquette, regardaient avec un dégoût non dissimulé la troupe des captifs enveloppés dans leurs grandes capes égipanes.

– En quoi que vous êtes déguisés ? demandaient-ils.

C'était pourtant pas carnaval. Ils juraient par Notre-Dame-du-Récif-des-Oiseaux n'avoir jamais rien vu de pareil. Ils avaient l'âme encline à la rigolade. La journée était belle, pas une goutte de pluie, un peu de soleil, une belle capture de suspects qui venait couronner le tableau de chasse d'un oropalde abattu en vol et d'une seule rafale, s'il vous plaît ! Il y avait de la prime et de la gloire dans l'air. On était heureux.

L'oropalde était couché près du torrent, à côté de l'hélicoptère. Son plumage blanc était éclaboussé de sang.

Eux, on les avait fait asseoir par terre, et les soldats, en large cercle autour d'eux, les surveillaient nonchalamment. Silvio et Genia tremblaient, Buf grinçait des dents, Carle avait l'air complètement éteint.

Joam faisait mille réflexions. Il se leva brusquement et marcha vers un des soldats qui avait sur la manche des galons de sergent.

– Sergent, dit-il à ce gros baraqué assez malpropre et sentant la bière à cinq mètres, je voudrais vous demander ce qu'on va faire de nous.

Le soudard ainsi interpellé se renfrogna, se tripota nerveusement la braguette et prononça des phrases rugueuses. Ce qu'on allait foutre d'eux ? Il n'en savait rien. D'un geste court, il désigna l'hélicoptère au bord du torrent, très noir avec des écussons rouges sur les flancs.

– Le capitaine décidera, grogna-t-il. Le capitaine est en train de transmettre vos signalements. Il a appelé le Q.G. par radio.

Joam aurait aimé insister, mais soudain la brute le repoussa avec la crosse de son fusil.

– En voilà assez ! dit-il.

Joam retourna s'asseoir. En s'asseyant, il se débarrassa de sa cape égipane. L'envie de fuir à tout prix le tenaillait. Il se rongeait les sangs en pensant à leur capture.

Ils avaient rattrapé Carle sur les bords du

torrent, à l'endroit où la vallée débouche dans les grenouillères. Carle, tout rabougri, était acagnardé sur un rocher, pitoyable, la tête dans ses mains. Et ils se précipitaient sur lui avec des cris de joie quand les soldats, brusquement surgis du sous-bois où ils attendaient, leur étaient tombés dessus.

Joam réfléchissait aux possibilités d'évasion, n'en trouvait pas et se désespérait. Près de lui, Buf maugréait. Joam pencha la tête, prêta l'oreille, et put entendre que Buf était en train d'insulter Carle.

– Fumier, traître, salaud ! disait-il. Quand ils t'ont capturé, qu'est-ce que tu avais besoin de leur parler de nous ? Ordure, tu as accepté de leur servir d'appât !

Carle, prostré, ne répondait pas.

Joam se demandait s'il avait parlé de Span Fandango aux militaires. « Nous allons le savoir bientôt », se dit-il en voyant le capitaine qui arrivait vers eux à grandes enjambées. C'était un homme tiré à quatre épingles, aux allures d'échassier funèbre. Il avait de très belles dents et des moustaches exacerbées.

– Levez-vous, dit-il aux prisonniers.

Et quand ils furent debout :

– Lequel d'entre vous est Buf ? demanda-t-il d'une voix qu'il tâchait de rendre courtoise.

Buf s'avança.

– Buf ? dit le capitaine.

– Oui, mon capitaine.

– Veuillez aller à l'hélico tout de suite. Votre père veut vous parler.

– Mon père ?

– Votre père. Allez à l'hélico. Le radio vous mettra en communication.

Buf désemparé regarda ses copains. Il balbutia :

– Mon père ?

– Allez ! dit le capitaine.

Buf partit en courant et le capitaine se tourna vers les autres. Il avait pris un air doucereux.

– Mes enfants, dit-il en écartant les mains, rassurez-vous, personne ne vous fera de mal. Nous avons vérifié vos identités, tout est en règle. Il faudrait pourtant...

Il s'interrompit, les regarda longuement.

– Il faudrait quand même m'expliquer ce que vous fricotiez dans la montagne avec cet Égipan.

« Et voilà, se dit Joam. Carle a parlé. »

– N'essayez pas de nier, reprit le capitaine. Votre ami Carle nous a parlé du dénommé Span Fandango. Vous n'avez pas idée du danger qu'il représente.

Silvio et Genia regardaient Carle avec

horreur. Le traître baissait la tête. Joam en avait de la pitié. Le capitaine observait ses prisonniers en plissant les yeux, très intéressé, semblait-il, par les divers sentiments qui agitaient le groupe. Il alluma un cigare et le tourna plusieurs fois entre ses doigts, dans l'idée que cela lui donnait l'air désinvolte. Puis il reprit la parole, s'excusant d'insister. Il tenait énormément à ce qu'on l'aide à capturer le dénommé Span Fandango. Mine de rien, il sut donner à ses phrases une intonation menaçante et laissa entendre plus ou moins clairement qu'il proposait une sorte de marché. Il ne souhaitait pas la mort du pécheur et réclamait seulement un peu de compréhension.

– Il est clair, soupira-t-il, que vous nous prenez pour des ennemis. Aussi je voudrais, avant toute chose, vous donner des nouvelles de vos familles.

A ces mots du capitaine, ils ouvrirent tous des yeux ronds. C'était à n'y plus rien comprendre.

Réfugiée aux États-Unis, la mère de Silvio avait d'abord mené campagne contre le régime et créé des comités de soutien. Mais *La Machette* venait d'être autorisée à reparaître, et la junte avait sollicité Mme Séverine de rentrer au pays.

Les parents de Genia allaient récupérer

leurs biens, confisqués dans les premiers jours du coup d'État. La junte souhaitait ardemment que les passions s'apaisent.

– Certainement, poursuivait le capitaine, votre ami Carle est le seul que les événements aient rendu orphelin... Ton père, dit-il à Carle, est mort, c'est vrai, mais il est mort noblement, les armes à la main. C'était un ennemi, mais nous le respections. On lui a rendu hommage dans une cérémonie fort touchante. Nous aurions largement préféré ne tuer personne. Mais enfin, on ne fait pas d'omelette sans casser d'œufs.

Complètement dominé par son rôle et par les fables qu'il débitait, le capitaine se sentait pénétré d'esprit chevaleresque. Tout en parlant, il s'efforçait de téter son cigare avec une sorte d'élégance.

– On a dû vous raconter des tas d'horreurs sur nous. Ces traîtres d'étudiants ont répandu des tracts infâmes. J'appelle ça de la désinformation. Ils ont colporté en particulier que nous avions pendu des prisonniers dans les jardins de Voluntia. Mais c'est ridicule. Le général Isidro, chef du gouvernement provisoire, aime trop la nature pour tolérer une pareille mascarade. Les arbres sont faits pour porter la vie, pas la mort...

Le capitaine parla fruits, fleurs, graines et petits oiseaux pendant quelques minutes, puis il s'interrompit pour accueillir Buf qui s'en revenait vers le groupe, très ému, sautillant, comme transfiguré. Il avait visiblement beaucoup de choses à dire, et le capitaine, s'effaçant modestement, le laissa exposer aux populations ce que son père venait de lui apprendre.

En phrases bousculées qui sentaient le bourrage de crâne, Buf confirma les révélations du capitaine. A Voluntia, la vie reprenait comme avant. Le pronunciamiento n'avait été qu'un coup de semonce brutal, mais nécessaire. Les militaires se disaient prêts à organiser des élections libres. Les membres des partis d'opposition qui avaient fui à l'étranger revenaient prendre place au sein de la mère patrie.

– En somme, dit Buf à ses copains, on n'attend plus que nous.

Toutes les bonnes volontés étaient d'ailleurs les bienvenues. Il s'agissait de relever le pays. On comptait beaucoup sur la jeunesse pour bâtir un monde nouveau.

– Quant à mon père, dit Buf finalement, il s'était rallié au putsch dès les premiers moments. Il commande maintenant les forces armées dans la région des Lacs. Si j'avais su... soupira-t-il naïvement.

« Oh, Buf, pensa Joam, tu as vraiment un petit pois en guise de cervelle. »

Buf était rouge d'émotion, et le capitaine, très content de son petit soldat, lui tapait sur l'épaule avec une mine bonhomme assez bien imitée.

– Après ce que votre camarade vient de vous dire, je crois qu'on peut applaudir des deux mains. Vous avez compris, je pense, qu'on a tout intérêt à rejoindre nos rangs. Vous pouvez rentrer à Voluntia, conclut-il. Rentrer chez vous, reprendre vos études, revoir vos petites amies. Le pays est paisible. Nous assurons l'ordre et la sécurité. Il y a de nouveau beaucoup de monde sur les plages du Nord.

Il jeta son cigare négligemment et ajouta, la voix subitement durcie :

– Mais auparavant, vous allez nous aider à prendre l'Égipan.

– L'Égipan ! cria-t-il soudain. L'Égipan, bon Dieu, l'Égipan !

Il y eut un flottement dans le groupe. Le soudard brusquement se dévoilait. Joam chercha Buf des yeux, mais le grand détourna la tête.

– Je vais vous laisser discuter entre vous,

dit le capitaine. Prenez votre temps. Mais vous savez que j'ai des ordres. Nous voulons l'Égipan. Il me serait pénible d'apprendre que j'ai mal placé ma confiance. Si vous refusez de collaborer avec nous, tout deviendra compliqué, douloureux, paperassier, problématique... Il y aura des formalités, cela prendra du temps. Songez que l'hiver est rigoureux dans le pays des Lacs !

Il fit un signe aux soldats qui s'écartèrent. Buf, Carle, Genia, Silvio et Joam se retrouvèrent seuls sur les berges du torrent.

– Buf, dit Joam, on ne va pas accepter ça. Span Fandango nous a sauvé la vie. Il a confiance en nous, il...

– Je ne peux pas désobéir à mon père, murmura Buf. Il veut absolument qu'on prenne l'Égipan. Span Fandango n'est pas celui qu'on croit. Ce serait...

– Explique-toi, Buf. Span Fandango serait... quoi, bon Dieu ? Qui est Span Fandango ?

– Je ne sais pas, dit Buf accablé.

Joam regarda les autres. Genia et Silvio arrondissaient le dos et se souriaient comme des complices. Ils étaient déjà de retour à Voluntia, ils s'arrêtaient dans les salons de thé pour déguster des pâtisseries, ils paradaient devant les filles, la vie recommençait. Il n'y avait plus rien à tirer de ces deux égoïstes.

Carle lorgnait Joam par en dessous. Il grimaçait joyeusement, heureux de la tournure que prenaient les événements. Il avait l'impression de tenir sa revanche. Apparemment, la cause était entendue.

– Après tout, murmura Silvio, Span Fandango, ce n'est qu'un Égipan...

– Très bien, dit Joam, mais moi aussi je suis un Égipan.

– Joam, murmura Buf, qu'est-ce que tu fais ?

– Je m'en vais, dit Joam.

Il traversa tranquillement le torrent, à l'endroit où l'eau s'égaillait sur un éventail de galets et monta dans la sapinière. Une fois sous le couvert des arbres, il se retourna. Les autres étaient toujours là où il les avait laissés. Ils semblaient changés en statues de sel. Quant aux soldats, on aurait dit qu'ils ne s'étaient rendu compte de rien.

Joam se mit à courir.

Pendant une heure, il courut sur les pentes huilées d'aiguilles. Comme les arbres s'espaçaient, il comprit qu'on approchait du plateau, et il aperçut, au-delà des cavernes bleues de la sapinière, la lumière et l'espace des grandes pelouses d'herbe à renard. En même temps, il commença d'entendre une pétarade, un sifflement, une houle caractéristique. Un hélicoptère arrivait. Son vrombissement emplissait le ciel.

Joam, qui avait les poumons en feu et des points de côté, fit un dernier effort, fonça tête baissée dans le serré des arbres, sauta des fossés, zigzagua entre des troncs et prit pied hors d'haleine, à découvert, au seuil du grand plateau.

L'hélicoptère semblait tout proche maintenant. Joam vit fuir un renard terrorisé le long de la lisière. Et il cherchait désespérément comment s'y prendre pour rejoindre le cimetière sans se faire repérer quand il aperçut Span Fandango debout, immobile, au milieu de la lande. Le mouton était à ses côtés.

Sans réfléchir, Joam se précipita vers eux, hurlant, gesticulant.

– Sauvez-vous !

Mais qu'est-ce qu'ils fabriquaient tous les deux ? Ils n'entendaient pas l'hélicoptère ?

– Sauvez-vous ! cria Joam.

Span Fandango ne bougeait pas. Le mouton était couché à ses pieds.

– Ajustez-moi l'Égipan d'abord, dit le capitaine au tireur d'élite.

Celui-ci était un individu morose et décharné, muni d'un fusil comme on en verra au Jugement dernier. Il ouvrit la portière latérale et se plaça en position commode, une jambe dans le vide, l'autre repliée sous lui. L'oropalde tué le matin même était accroché au patin de l'hélicoptère et ballait dans l'air, de droite et de gauche, lourdement.

L'hélicoptère ralentit et se mit en vol stationnaire. Il faisait un bruit du diable. Accroupis au fond de l'appareil, Buf, Genia, Carle et Silvio suivaient la scène, horrifiés.

– Vous voyez, leur dit le capitaine, nous ne tuons personne. Mais il faut ce qu'il faut. Je vous préviens, ajouta-t-il sur un ton de gronderie familière, le premier qui dégueule, on le passe par-dessus bord.

Span Fandango et le mouton attendaient au milieu d'un maelström d'herbes en tumulte. A quelques mètres d'eux, Joam était tombé à genoux.

La balle atteignit Span Fandango en pleine poitrine. Il s'effondra. Le mouton se mit à lui lécher le visage.

– Et maintenant ? dit le tireur d'élite. Je descends qui ? Le mouton ?

– Va pour le mouton, dit le capitaine. Nous ne tuons personne, répéta-t-il.

Il se frottait les mains, tout joyeux, mais l'appareil fit une embardée et la balle destinée au mouton se perdit dans la nature.

Le capitaine lâcha un juron, cria que le

pilote était un imbécile, et qu'on stabilise au plus vite cette saleté d'engin.

Mais à l'avant, le pilote, affolé, bégayait :

– Mon ca... mon ca... disait-il d'une voix blanche.

– Qu'est-ce qu'il y a ? hurla le capitaine en se ruant vers lui.

Joam écarquilla les yeux.

Brusquement surgie des nuages, une multitude d'oropaldes plongeait vers l'hélicoptère et une bonne vingtaine d'entre eux l'environnaient déjà.

– On va se crasher ! dit le pilote.

– Remontez, bon Dieu ! hurla le capitaine.

En vol serré, les oropaldes déferlaient dans la vallée comme un raz de marée. Ils se posèrent à son débouché, sur les premières mouillères du marécage. Une heure plus tard, six hélicoptères décollaient du pays des Lacs et partaient à la recherche du capitaine Butella, disparu avec un appareil à bord duquel se trouvaient une demi-douzaine de soldats, trois prisonniers, et le propre fils du général commandant les forces armées dans les terres australes. A l'entrée de la vallée de Sainte-Marie, la patrouille se heurta en plein ciel à un véritable barrage d'oropaldes et dut rebrousser chemin séance tenante.

Pendant plus d'une semaine, les oiseaux

géants, installés à demeure dans les roselières, sur les champs de pierres des moraines, au bord des étangs et des mares, interdirent aux hélicoptères l'accès de la vallée.

Personne n'y comprenait rien.

Chapitre douze

Joam traversa la montagne en six jours à la fin de l'automne, et le mouton éclopé marchait à côté de lui.

Ils montaient. Ils eurent des jours de grand soleil. A certains endroits, ils durent se frayer un chemin dans des taillis de rhododendrons qui avaient presque deux mètres de haut.

Les nuits étaient glaciales. Ils se serraient l'un contre l'autre pour se réchauffer.

Ils longèrent plusieurs petits lacs indigo, enchâssés dans des margelles de pierre ponce et de lave. Au cœur de la moraine, des oasis taillées en conque dans le limon et la caillasse abritaient de véritables jardins tapissés de plantes argentines. Les aires des oropaldes constellaient la montagne de rosaces mirobolantes.

Au bout du voyage, ils découvrirent, dans son amphithéâtre de pierre violette, le grand glacier de Sainte-Marie, dressé comme un château de sucre et de verre au-dessus d'un petit lac où s'entrechoquaient des icebergs.

Au soleil, les séracs offraient un spectacle incomparable. Des tours et des obélisques se dessinaient en silhouettes aveuglantes sur le ciel noir et projetaient des ombres fantastiques au-dessus des crevasses.

Joam dansait par la pensée sur des savanes immaculées.

Ils mirent deux jours à contourner le glacier, et pendant deux jours Joam vécut dans un émerveillement. A l'aube, il s'asseyait pour attendre les fastes du soleil. D'abord, une bande d'or illuminait l'orient. Puis le glacier prenait feu et s'empourprait sur toute sa hauteur. Bientôt, il avait l'air d'une cataracte de sang, sculptée de vagues énormes et rouges. Les gouffres ressemblaient à des gueules écarlates.

Toute la journée, les glaciers grondaient, craquaient, emplissaient la montagne de leurs murmures. On aurait dit que des orages puissants mais ralentis habitaient les entrailles de la terre.

Joam avait toujours su que son petit terrier recelait des merveilles. Il réfléchissait à l'étrangeté de son destin.

La passe de Sainte-Marie s'effilait entre

deux falaises verticales. A son extrémité, Joam, sans véritable surprise, découvrit son père, le Cageot, qui l'attendait, assis sur le dos d'un oropalde. Le Cageot n'avait pas changé. Édenté, hirsute, les joues grises de barbe, il fumait un cigare à quatre sous qui empestait comme trente boucs. Mais sa vieille salopette était pailletée d'étoiles et il avait des éperons d'or à ses gros brodequins.

Il accueillit son fils avec un grand sourire et, tout de suite, d'un bras majestueux, désigna l'immense panorama des pampas orientales qui s'éployaient au pied de la montagne des Ombres. Joam comprit que désormais son petit terrier s'élargirait selon ses vœux aux dimensions de l'univers. Il voulut faire partager son bonheur au mouton et fit volte-face pour appeler la bête qui se tenait modestement en retrait, un peu impressionnée sans doute par l'oropalde. Quand il se retourna, son père avait disparu et l'oiseau s'envolait.

Joam se lança derrière l'oiseau géant et plana longtemps au-dessus des mondes étalés sous lui comme une cape égipane ; une cape aux mille couleurs douces et mêlées, une cape tissée de blé, de forêts, de fleuves, d'usines, de ports, de gares, de villes, de chemins, d'hommes – tissée d'hommes : leur nombre effraya Joam.

Des hommes. Des milliards d'hommes.

La plupart s'attroupaient sur les places, dans les stades, sous des chapiteaux, pour applaudir un roi, un chanteur, un parti, une équipe de football, pour adorer un dieu qu'ils avaient laborieusement créé à leur image.

Joam essaya de repérer ceux qui marchaient seuls. On les avait vite comptés : ils n'étaient vraiment qu'une toute petite poignée.

A Shreveport, Louisiana, un vieux nègre qui avait chanté toute la journée au coin des rues sous le soleil brûlant pour gagner quelques *dimes* rangeait dans un étui de carton sa guitare humide de sueur.

A Paris, au fond d'un bistrot de la rue Pavée, un homme lisait et relisait une phrase de la Bible qu'il venait de copier dans son agenda. Et cette phrase était : « Malheur, dit l'Éternel, à celui qui rentre chez lui par le même chemin. »

A Arequipa, sur une place, un paysan qui rêvait d'être propriétaire achetait à un marchand des rues une ferme miniature en bois peint.

Joam et le mouton descendaient vers les plaines. Ils s'arrêtèrent pour se reposer à l'entrée d'un village où des femmes lavaient du linge dans un bassin de pierre. Elles s'amusèrent beaucoup de leur équipage. Le mouton en particulier les surprenait. « Il avait, disaient-elles, les pattes de devant usées jusqu'à la corde. » Elles demandèrent à Joam s'il comptait aller loin avec sa bête éclopée.

Il répondit que oui, qu'ils n'étaient pas encore arrivés au bout de leur voyage...

Il est né le 1er juillet 1950, dans une toute petite commune du Cher, sur la lisière de l'Allier.
Il est né, autant le dire, dans une sorte de pouille. Le père, ex-aviateur polonais, atterri là en 1943, devait inventer tous les jours un nouveau métier pour nourrir sa famille.
Gloire à l'école publique ! C'est elle qui permet à Pierre Mezinski, dûment doté de la bourse qu'on accorde aux enfants pauvres, de faire des études de grec et de latin. Il renonce à l'enseignement en découvrant la désaffection générale de l'humanité pour les humanités. Il fait alors trente-six métiers : couvreur, électricien, chercheur de minéraux... Musicien, il promène sa steel-guitar sur les routes de France. Pour raconter la barbarie des temps modernes, il commence à écrire des polars en 1983. Il fait ses classes à la « Série Noire », publie en collaboration avec C. Bouchard dix romans sous le pseudonyme de Marie et Joseph, et divers ouvrages pour la jeunesse. Il a reçu le prix Populiste 92 pour son roman *Simon Rouverin, le forçat du canal.*
Il vit ici et là.

Pierre Mezinski a déja publié :

Simon Rouverin, le forçat du canal, éditions Calman-Lévy, 1982 (prix Populiste 92)

Sous le pseudonyme de Marie et Joseph :

Aux éditions Gallimard,
dans la « Série Noire » :
Chaudes bises
Si t'as peur, jappe
La grande Arpente des champs d'en bas
Square du Congo
Jazz Belle
Le Crime de la rue du ciel
Le Petit roi de Chimérie
La Mine d'or de Taphalescha
Le Piège au jardinet
Venez voir les cadavres, Mesdames

Aux éditions Calman-Lévy
Mississippi delta Blues

Pour la jeunesse :

Aux éditions Syros :
Le Crime de Cornin Bouchon
Le Refuge des Ptits-tout-seuls
Le Nouveau Crime de Cornin Bouchon
Une aventure de Rosita cochon
Aladdin et le crime de la bibliothèque

Aux éditions Nathan :
Aladdin et la gare de Norvège (Grand Prix du livre de l'été de Metz)
Les Chercheurs d'or du mont Pilat

Aux éditions Dargaud :
Cent cinquante loups-garous sur une place de Constantinople

COLLECTION PAGE BLANCHE

DÉJÀ PARUS

Nathalie Babbitt Les yeux de l'amaryllis
Pierre-Marie Beaude Le muet du roi Salomon
Peter Benson Quelque chose pourrait arriver
Cathy Bernheim Côte d'Azur
James Berry Un voleur au village
Gisèle Bienne Les jouets de la nuit
Jean-Noël Blanc Fil de fer, la vie
Jean-Pierre Cannet Les vents coudés
Ilie Constantin La chute vers le zénith
François Coupry Le fils du concierge de l'opéra
Elisabeth D. L'ogre capitaine
Elisabeth D. Château-Rouge
Didier Daeninckx A louer sans commission
Xavier Deutsch La nuit dans les yeux
Claire Devarrieux J'ai horreur des contacts humains
Chris Donner Trois minutes de soleil en plus
Chris Donner Le chagrin d'un tigre
Jaco van Dormael Toto le héros
Alicia Dujovne Ortiz Le sourire des dauphins
Frédéric Fajardie Au bord de la mer blanche
Jacques Fansten La fracture du myocarde
Feng Ji Cai Que cent fleurs s'épanouissent
Galit Fink/Mervet Akran Sha'ban Si tu veux être mon amie
Suzanne Fisher Staples Shabanu

Louise Fitzhugh Personne ne peut changer sa famille
Sylvie Florian-Pouilloux Combien fragile était leur monde
Sylvie Florian-Pouilloux Des vérités d'Avril
Sheila Gordon En attendant la pluie
Claude Gutman La maison vide
Claude Gutman L'hôtel du retour
Yves Heurté Le passage du gitan
Toby Knobel Fluek Souvenirs de ma vie dans un village de Pologne
Russel Hoban L'automate et son fils
Janni Howker L'homme aux œufs
Hervé Jaouen Le cahier noir
Thierry Jonquet Un enfant dans la guerre
Tatiana Lougovskaïa Nous n'étions pas seuls à grandir
Michel Lucet Divisé par deux
Margaret Mahy Les ensorceleurs
Manz'ie/Reiser Une nuit sans dormir
Jan Mark Moi aussi on m'a adoré
Jan Mark Un sac d'embrouilles
José Maria Merino L'or des songes
Hubert Mingarelli Le bruit du vent
Irène Nemirovsky Un enfant prodige
Jean-Paul Nozière Un été algérien
Jean-Paul Nozière Retour à Ithaque
Jona Oberski Années d'enfance
Zibby Oneal Le langage des poissons rouges
Zibby Oneal Lumière d'été
Els Pelgrom Les enfants de la huitième forêt
Els Pelgrom J'irai toujours par les chemins
Éric Rochant Un monde sans pitié
Éric Rochant Aux yeux du monde
Jean-Pierre Ronssin/Christian Vincent La discrète

Marc Salzman Le fer et la soie
Leigh Sauerwein Sur l'autre rive
Florence Seyvos Comme au cinéma
Aranka Siegal La grâce dans le désert
Aranka Siegal Sur la tête de la chèvre
Grégoire Solotareff Les filles ne meurent jamais
Virgil Tanase Le bal autour du diamant magique
Hélène Tersac Pourquoi tu pleures ?
Carole Tremblay La douce revanche de Madame Thibodeau
Télérama/Gallimard Lettre à l'écrivain qui a changé ma vie

Achevé d'imprimer
en mai 1993
sur les presses de
l'imprimerie Hérissey
à Évreux (Eure)

Loi nº 49-956 du 16 juillet 1949
sur les publications destinées à la jeunesse

Nº d'imprimeur : 60860
Dépôt légal : mai 1993
ISBN 2-07-056764-8

Imprimé en France

55798